ABO IASCHAGHASCHWILI

ROYAL MARY

Ein Mord in Tiflis

Aus dem Georgischen von
Lia Wittek

edition.fotoTAPETA
Berlin

„Erst wenn alle tot sind,
endet das große Spiel."

Rudyard Kipling

Die Pferdebahn mit ihrer Nummer vorweg zog voran zum Woronzow-Denkmal, und die Insassen schauten auf die Straße, auf den Trubel dort, den Handel, auf das Durchtriebene, Gerissene, auf all die, die sich da gegenseitig auf die Füße traten, auf den Schwindel mit Maß und Gewicht, das geheuchelte Lächeln der Verkäufer, auf die Laufburschen, die an den Ohren gezogen wurden.

Tabak qualmte, jemand spuckte aus, jemand hustete, jemand biss in einen Apfel, die feuchten Hände wurden an fremden Hosen abgewischt, und der Wagen zog weiter.

Ein Kondukteur – mit einer Binde um den Kopf wegen seines Backenzahns – kontrollierte im Wagen die bunten, zerknautschten Fahrkarten, und, weil man in Tiflis alle diese Fahrkarten an recht seltsamen Orten und in tiefsten Tiefen versteckt, braucht man ziemlich viel Zeit, um sie zu finden, die Jackentaschen umzukrempeln oder das aus den löchrigen Hosentaschen verlorene Billett irgendwo unten an der Ferse suchen.

– Nun schluck mal keine Fliege, – schubste der Kondukteur einen pennenden Fahrgast an, und der begann, in seinen Taschen zu kramen.

– Und du? – nahm er sich den Nächsten vor.

– Is was?

– Deine Fahrkarte!

– Na, komm schon, wir sind doch ruckzuck da, – versuchte der den Kondukteur abzuwimmeln, er hatte eine Warze auf der Wange und pulte sich mit einem Streichholz am Zahn rum.

– Bist du hier im Laden von deim Gevatter oder was?

– Ist ja gut, ich kaufe ja ein Billett, ich kauf's, bin doch gerade erst eingestiegen, – und guckte aber sonst wohin.

– Wie lange soll ich noch auf dich warten?

– He, was hängst du dich überhaupt so an mich ran? – er wandte den Rücken ab und spitzte die Ohren, irgendwo hinten im Waggon wurde es interessant.

– Das Pferd sollte dem Schah geschenkt werden, dem Berg aber tat es leid darum, und, haste nicht gesehen! schlich er sich mit dem Ross aus dem Stall, – erzählte dort ein Fahrgast mit einer Kappe irgendeine Geschichte und warf den Apfelgriebsch den Hunden zu, die dem Wagen folgten.

– Wie, er schlich sich mit dem Pferd davon?! – fragte ein anderer, der einen Käfig mit Hühnern hielt.

– Wüsste ich wie, hätt ich einen Sitz im Kreisgerichtshof! – tat der Apfelfreund kund und suchte nun nach der Birne in seiner Tasche.

– Das ist doch keine Dattel, so ein Pferd, die man sich in die Jackentasche steckt, so ein Pferd muss man doch auf der Straße fortschaffen, – sinnierte der Käfigbesitzer.

– Geht das vielleicht mit Hypnose? – mischte sich nun der mit der Warze ein und entkam dem Kondukteur noch einmal.

– Wassen für'ne Hypnose? – guckte der Birnenbeißer über die Birne hinweg.

– Na, die von Feldmann!

– Was die sich nicht alles ausdenken, – biss der mit der Kappe verächtlich von seiner Birne ab.

– Hast du das nicht gesehen, im Deutschen Garten, was der da anstellt?

– Im Garten?

– Die bilden sich was ein, so, wie wenn sie in einem Schiff sitzen und sinken und ertrinken, und dann baden sie im Schweiß, – erzählt der Schwarzfahrer weiter.

– Das heißt Somnambulismus, – stieg nun ein junger

Mann in das Gespräch ein und drehte dabei an seinem obersten Knopf.

– Ja, aber wie denn? – fragte der Käfigträger.

– Das Journal „Rebus" beschreibt, wie man in Trance gerät und ringsum alles anders erscheint, – erzählte der junge Mann schüchtern weiter und wurde feuerrot und senkte den Kopf.

– Er betäubte alle auf der Straße, und dann war es nicht schwer, das Pferd wegzubringen, – fuhr der, der immer noch keine Fahrkarte hatte, fort.

– Ist das ein Scheusal! – dem Käfigbesitzer blieb vor Staunen der Mund offen.

– Diese Juden und ihre Hexerei, dagegen muss man beten und die bösen Geister austreiben, – meinte jemand von hinten.

– Musst eine Kerze in Teleti˙ anzünden, – wusste noch jemand auch irgendwas.

– Kann man das nicht auch in Charpuchi˙?

– Wozu Charpuchi? Das ist doch kein Schnupfen.

– Sowieso alles Lügen, isso! – mischt sich ein Tatar ein, der sein Kopfkissen mitgebracht hatte – ich trink nix, ich ess' nix Schweinefleisch und hilft alles nix.

– Was für'n Hokuspokus. Hokuspokus!

Der mit der Kappe nahm eine Tabakdose heraus, darin war Schnupftabak, stopfte sich davon in die Nase, und dann schnaubte er alles auf ein Seidentuch, starrte es noch an, richtete dann aber den Blick auf seine Hose und sah, dass die Hühner aus dem Käfig ihm auf die Hose schissen, und das gefiel ihm nicht, und der Hühnerbesitzer gefiel ihm auch nicht, und da wurde er plötzlich wütend.

– Hast hier deine Umgebung verstunken, – und trat sogar gegen den Käfig, – warum haste nicht gleich noch'n Schwein mitgebracht!

Der Käfigträger wurde verlegen, und die anderen hörten auf zu reden. Sein zornig gewordener Nachbar, der gerade erst neben ihm Platz genommen hatte, brachte den Hühnerbetreuer aus der Fassung, aber er schlug stracks zurück.

– Denkst du, du stinkst vielleicht weniger? – dabei bekam er einen Schluckauf.

Das hatte der erst Apfel-, dann Birnen-, und dann Schnupftabakfreund ja nun ganz und gar nicht erwartet, und verwundert blickte er auf alle Anwesenden.

– Guckt euch mal dieses Miststück an, was der hier veranstaltet! – entfuhr es ihm.

– Unterschätzt du mich etwa? – bohrte der Käfigbesitzer nach.

– Halt dein' Mund, sonst kriegste eins in die Fresse, – der vom Hühnermist Getroffene holte schon mit der Hand aus.

– Bin ich ein Hundsfott?! – drohte der Käfighalter.

Und die Frage stand im Raum, was daraus alles hätte werden können, wenn nicht plötzlich ein anderer Fahrgast ein Geschrei angestimmt hätte.

– Meine Hosentasche! Man hat meine Tasche aufgeschnitten! – und ein Mann in einem Gehrock aus Wolle sprang von seinem Platz auf.

– Welche Tasche?! – wurde man um ihn herum aufmerksam.

– Geklaut! Das Portemonnaie! Geklaut! – schrie er laut auf.

Das war eine merkwürdige Fortsetzung des Gesprächs, und alle drehten ihre Köpfe zu ihm hin.

– Niemand rührt sich weg von hier! – schrie der Bestohlene.

– Oh je, was ist denn los, zum Teufel!

– Los, die Taschen zeigen! – schrie er die Fahrgäste an.

– Ich hab's nicht, nein, – sagte einer mit einem kaukasischen Hut und drehte seine Hosentaschen um.

– So nicht, Brusttaschen auch, die Jackentaschen!

– Ich saß doch ganz hinten im Wagen, wie hätte ich dir was klauen können, – krähte einer mit einem Beutel.

– Jemand anderes hat geklaut und es zu dir weitergereicht!

– Ja, ja, so geht's auch, – bemerkte einer, offenbar mit Erfahrung.

– Du, zeig auch her! – er kannte keine Gnade.

– Aber Gott weiß es, dass ich's nicht war! Ich war's nicht, nein!

Alle drehten brav die Taschen um, und der Beklaute nahm sich sogar den Kondukteur vor.

– Du auch! Du musst mir auch deine Taschen zeigen! Was denkst du denn, was du bist?

– Der mit der Warze! Wo ist der mit der Warze? – rief plötzlich einer, und alle drehten die Köpfe um.

– Was? Was?!

– Er ist weg!

– War er nicht eben noch hier? – fragten die hinten.

– Oh du mein Gott, anhalten, anhalten! – rief der, dessen Portemonnaie fort war.

Und der Wagen hielt, und er sprang hinaus und rannte Hals über Kopf zurück.

– Na, den holst du nicht mehr ein. Was läuft der Idiot dem hinterher? – der mit der Kappe schaute ihm nach, und sein Zorn war schon verflogen.

– Er hat uns ganz schön reingelegt, mit seinem Feldmann und allem, – hörte man nun den Käfigträger.

– Dem muss man die Hände abhacken! – mischten sich weitere ein.

– Auch die Beine!

– Man kann ja keinem mehr trau'n!

– Gott nein, was hat der uns nicht vorgemacht mit seinem Deutschen Garten, – empörte sich nun der ganze Wagen.

– Hat auch die Fahrkarte nicht gekauft!

– Wir sind doch ruckzuck da, hat er gesagt.

– Also, Herrschafts nein! In welchen Zeiten leben wir …

– Ein Diebstahl, am helllichten Tag, hier die Tasche, dort das Pferd, – jammerte noch wer weiter.

– Oh! Oh weia! – schrie plötzlich der mit dem kaukasischen Hut, – dieser Hundesohn hat auch mein Portemonnaie mitgeh'n lassen, mein Portemonnaie auch!

– Deins auch?!

– Mein ganzes Geld!

Der mit der Kappe griff nun ebenfalls an seine Westentasche und schrie auf.

– Meine Uhr! Meine Uhr ist auch weg! – sprang er von seinem Sitz auf und dachte nicht mehr an den Hühnermist.

– In meinem Portemonnaie sind statt Geldscheinen nur noch Zettel! – rief nun ein anderer.

Und alle griffen nach ihren Taschen, und etliche fanden ihr Portemonnaie nicht mehr, einige vermissten die Uhr, andere die Schnupftabakdose.

– Oh, diese Missgeburt, was hat der uns über's Ohr gehau'n, – stöhnte der mit der Kappe.

Und plötzlich rief der mit dem Beutel:

– Haben wir nicht dem Typ im Gehrock alle unsere Taschen gezeigt? – und sah die anderen an.

Da trat Stille ein.

– Oh ja, der, genau, diese Missgeburt hat alles mitgehen lassen! – rief der Birnen- oder Apfelfreund.

Erst jetzt ging allen ein Licht auf, und sie sahen auf einmal, wie das gelaufen war mit der List und dem Diebstahl.

An dem Gespräch im Wagen hatte sich nur ein Mann nicht beteiligt, und er war auch nicht bestohlen worden. Saß für sich und schwieg.

Sah sehr gepflegt aus, europäisch gekleidet und der

Schnurrbart recht hübsch geschnitten. Das war Louis Albre, der hier war, um die Geheimnisse des alten Tiflis zu lüften.

Albre in seinem gestreiften Schlafanzug war aufgestanden, hatte die Morgengymnastik nach der Regel von Francisco Amoros absolviert, Toilette gemacht, die Brotkrümel vom vorigen Tag auf das Karnies für die Tauben gestreut, die Blumen gegossen und drei viertel acht einen Korb mit dem Seil aus dem Fenster hinuntergelassen. In genau dieser Sekunde packte eine Weißgeschürzte aus Dufours Konditorei eine belgische Waffel, zwei Croissants und eine Kanne mit heißer Schokolade in den Korb. Seit vor 200 Jahren Maria Theresia heiße Schokolade als Mitgift nach Frankreich brachte, schafft es kein einziger Pariser mehr, morgens ohne sie den Tag anzugehen. Wie Rapunzel, so zog Albre all das herauf und packte aus. In diesem Moment klopfte es an die Tür, und ein Laufbursche brachte ein Päckchen. Albre packte auch das aus und fand einen viereckig geschnittenen Roquefort aus dem Feinkostladen von Nasarbekow darin. Vier Minuten vor acht klopfte es wiederum an der Tür, und diesmal bekam er ein französisches Brötchen aus Karolina Lotts Bäckerei. Es klopfte abermals, zwei Eclairs von der Konditorei Sofia Hähne, Michaelstraße. Dann stand noch jemand vor der Tür und klopfte, aber diesmal kamen weder Croque Madame noch Torteletts. An der Tür stand ein schnurrbärtiger Polizist, er hielt einen Zettel in der Hand. Albre musterte ihn kurz von oben bis unten, aber der Besuch verwunderte ihn nicht, und auch der Zettel nicht, den er mit einem Blick überflog.

Schon seit einigen Monaten wurde er hinzugezogen, wenn es darum ging, rätselhafte Fälle aus den Archiven der Kriminalpolizei zu lüften oder ganz aktuelle Geheimnisse aus den Gassen der Stadt.

Trubel und Gedränge in den Straßen von Tiflis erinnerte ihn an die Romane von Eugène Sue. Geschichten von Stilett und Bauch, herausgequollenem Wanst, tief durchgestochenem Dolch, Albre durchforstete sie ständig nach Anhaltspunkten und Lösungen. Auch abgeschraubte Bolzen eines Safes und wertvolle, aber aus dem Rahmen geschnittenen Gemälde stießen auf sein Interesse. Obwohl man ja auch wissen musste, dass solcherart Gemälde in Tiflis kaum zu finden waren, und wenn, musste man einen solchen Rausschneider extra bestellen. Auch waren Geheimnisse wie die der „Rue Morgue" eher selten, aber dafür gab es in Tiflis Unterschiede ohne Zahl in Aussehen und Herkunft der Figuren, wenn auch nicht so viel Schwarz wie in den französischen Kolonien. Hier waren Kleider und Sitten in ganz anderen Dimensionen versammelt. Und alles war ständig in Bewegung und die Vielfalt der Charaktere in dieser gar nicht so großen Stadt Tiflis doch beachtlich. Das mochte einer tatsächlichen Beobachtung der verschiedenartigen Raupen durch einen Entomologen auf der Insel Borneo im Vergleich zum Blick auf die im Notizbuch ähneln. Albre liebte Physiognomie, auf seinem Tisch lag zum Nachschlagen sogar ein Buch Lombrosos über die Psychologie und Pathologie von Verbrechern. In seiner Freizeit lief er mit einem Schmetterlingsfänger, den er sich extra von der archäographischen Gesellschaft hatte kommen lassen, in den Botanischen Garten und besuchte auch die Wintergärten dort, die ganz im Sinne des Direktors Heinrich Scharer musterhaft gepflegt waren. Das war zwar nicht so ein Vergnügen wie in den Gärten von Versailles, aber wenn er in dem engen Tal umher schlenderte, vergaß er den Stadtlärm. In der Schänke dort trank er am Mittag seinen Tee und notierte auf den Rand der Serviette einen Reim, der ihm in den Kopf kam. Seinen Verkehr mit der Räuberwelt unterbrach er gern mit hübsch verfassten Versen, wie ein François Villon, aber niemals ohne gestärkten Kragen. Auch hatte er früher, als er noch auf dem Montmartre unterwegs war, mit allerlei Farben gemalt, und ebendort dem verarmten Verlaine Geld in die Hand gedrückt und Marquis de Rambouillet zum Duell heraus gefordert. Eine Wunde am Arm war seinerzeit im Wald von Boullion das Resultat. Jedenfalls fanden sich unter seinen Vorfahren nicht umsonst ein Chevalier d'Artagnan, später von einem Romanschreiber als Streithahn dargestellt, und zudem noch Blaise de Monluc, der große Marschall von Frankreich. Wollte man weiter suchen, träfe man auch auf aquitanische Herzöge, und außerdem besaß seine Sippe ein Chateau in der Gascogne, und bevor die Stürme der Revolution und die Sensen der Räuber der neuen Jacquerie seinen Besitz verwüsteten und Fensterläden und Türen zertrümmerten, betrieb sein Stamm Müßiggang und Hirschjagd. Die Revolution nahm Albre zusammen mit dem Chateau das „d" samt Apostroph ab und verwandelte ihn in einen gewöhnlichen Bürger. Aber die adlige Herkunft ließ sich nach so vielen Generationen nicht einfach durch einen Federstrich ausradieren. Er sah immer noch mit einem anderen Blick auf die Passanten. Glanz und Eleganz seiner Kleidung blickten weiter abschätzig auf die Gehröcke nach dem letzten Schrei und auf die dicken Goldketten der Händler en gros. Er beschnitt seinen Schnurrbart mit einer Schere aus Silber, und sein Zahnstocher war aus Elfenbein. Mit diesem Elfenbein hatte schon sein Großvater die im Zahnloch hängengebliebenen schwarzen Trüffel herausgestochert.

Albre warf die Frühstücksreste mit der Tischdecke in den Korb und ließ ihn wie immer hinunter am selben Seil. Das war gleichzeitig Gymnastik und tägliches Handmuskeltraining. Dann nippte er an einem Glas Calvados aus der Normandie, zog die Handschuhe an, nahm den Gehstock und schlug die Tür hinter sich zu. Beim Weg hinunter begleitete ihn das Knarren der Stufen und die Wandbemalung im Treppenhaus, ein Agamemnonschild, auch der Hellenen edle Einfalt und stille Größe … Der Gruß, eingelassen auf der Straße unten vor der Tür, war auf Armenisch verfasst. Er stand in der Weliaminowstraße, nahm aber keine Kutsche, sondern ging zu Fuß, mitten durch das Marktviertel, entlang einer Reihe kleiner Ziegelsteinbauten, entlang der heraus gestellten Waren und inmitten der Rufe aus den Läden und Garküchen. Dann schob er sich durch noch mehr enge Reihen hindurch, und durch einen düsteren Hohlweg gelangte er auf den Tatarplatz. Dort herrschte ein ganz anderer Ton. Keine belgische Waffel mehr, auch kein Croissant mit Butter aus der Provence. Die Butter kam hier aus Lambalu, der Käse aus Schchloi, der Reis aus Kcharaias, aus Schoragal war das Mehl geliefert worden, aus Korsman Salz, aus Jalaloglu Kartoffeln, aus Agdash kamen die Wassermelonen, es klang hier wahrlich anders als zwischen den feinen Regalen von Karolina Lott und Eliza Mader. Von hier war auch die auf dem Zettel erwähnte Sanduferstraße nicht mehr weit. Überquere irgendeine der Brücken, und dann biege ab zu den Karawansereien! Aber der Franzose bog nicht ab, eine Weile stand er dort, lauschte den Gesprächen der Händler und kehrte dann zum Markt zurück. Dort sprang er in die Pferdebahn und nahm Platz, die Beine brachte er in die dritte Tanzposition, und die Hände stützte er auf den Griff seines Stocks. Und er lauschte auch dem Gespräch in der Bahn und fügte das vom Markt im Gedächtnis Behaltene hinzu. So erhielt er ein Bild, die Sachlage formte sich langsam klar vor seinen Augen. Nur, was Chripli zu berichten hätte, fehlte noch, um das Bild zu vervollständigen.

Bei dem Pferdestall von Alichanow stieg er aus und schritt durch das Bogentor. Es war ein Gebäude in europäischer

Architektur, vielleicht sogar von Bielfeld, der Pferdestall befand sich im Innenhof.

In der Mitte des Hofs sah er den Polizeibeamten Chripli mit seinem Backenbart und der Kokarde auf der Mütze. Der zeichnete mit der Schuhspitze dies und das auf den Boden. Es mochten die Südgrenzen des russischen Imperiums sein, und in diesem Bereich hatte er mit dem Fuß auch Erserum platziert. Jetzt wischte er die Grenze wieder aus und verschob sie weiter und weiter nach unten, und wäre nicht dieser Franzose gekommen, wäre er so noch bis Konstantinopel gezogen.

– Sie haben ja nun nicht das beste Wetter ausgesucht, wie? – hörte er, als ginge in Sololaki˙ eine andere Sonne auf.

– Da sind Sie ja! – damit wischte Chripli seinen ganzen Eroberungszug aus.

– Der Kondukteur hat mir übrigens nicht herausgegeben.

– Na, gehen wir und schauen uns den Pferdestall an, – zwirbelte der Polizist seinen Backenbart.

– Dann wollen wir mal sehen, ob Sie nicht auch dort alles weggewischt haben, wie Erserum eben, – folgte ihm der Franzose und ließ seinen Stock hin und her schwingen.

Chripli schaute ihn kurz an. Ja, wie oft schon war er wieder versucht, diesen Pfau auseinander zu pflücken und ihn dann auf dem Boden zu zertrampeln, und jedesmal unterdrückte er diesen Impuls, zog dabei tief die Luft ein, und ließ es doch gut sein, denn es gab ein ordentlich gestempeltes Papier, das diesem wie ein Clown gekleideten Typ auf den Straßen von Tiflis eine besondere Geltung verschaffte.

Der ziegelgedeckte Stall war nicht groß, nur für wenige Pferde vorgesehen und jetzt völlig leer.

– Der Hof hat nur einen Ausgang, in die Sanduferstrasse, die immer laut, überlaufen und voll gestellt ist. Der Diebstahl geschah zwar am Abend, aber auch zu dieser Zeit sind nicht wenige Leute unterwegs. Wir haben ringsum alles durchsucht, die Kneipen, Läden, Barbiere und Bäder, niemand wusste etwas von diesem Pferd.

Der mit dem Backenbart hatte seine Rede ordentlich aufgebaut und aufgesagt, als solle man alles direkt protokollieren und in einer Mappe aufheben.

Inzwischen war Albre durch den Pferdestall gelaufen, hatte auch alles rund umher besichtigt, sich mehrmals gebückt und ohne auf seinen weißen Handschuh zu achten, seinen Finger in den Pferdemist gesteckt.

– Wer hat sich um das Pferd gekümmert? – nahm er sich endlich für Chripli Zeit.

– Der Stallknecht wurde vor fünf Tagen in der Unterstadt ermordet.

– Damit sollten Sie anfangen.

– Er war ein Grieche aus Kars. Apollon Chrisantidis. Man hat ihn in einer Gasse bei Aschpaschchana˙ gefunden, mit einem Dolch im Herzen.

– Was weiß man denn über ihn?

– Er hat sich nie etwas zu Schulden kommen lassen.

– Und nachher hat wer das Pferd übernommen?

– Kutscherow. Er ist seit langem Jockey bei Berg und reitet auch *Royal Mary*, und weil das Pferderennen vor der Tür stand, hat er übernommen, – wieder zwirbelte Chripli an seinem Backenbart.

– Und wann soll das Pferderennen stattfinden? – Albre guckte dabei aus dem kleinen Fenster.

– Am Sonntag, es wäre *Royal Marys* letztes Rennen gewesen.

– Warum?

– Sie sollte dem Schah von Persien geschenkt werden, sein Besuch steht kurz bevor. Der Schah ist ein großer Pferdeliebhaber, und *Royal Mary* ist das beste Pferd im Kaukasus.

– Wer hat bemerkt, dass das Pferd verschwunden ist?

– Kutscherow. Er sagt, er sei gegen acht Uhr vom Hippodrom zurückgekommen, und das Pferd war nicht mehr da, – fuhr Chripli schwungvoll fort.

– Und wer bewacht den Ausgang? – zeigte Albre mit seinem Stock zur Tür.

– Sie hat ein französisches Schloss, und übrigens waren alle Diener zu Hause, sonst laufen sie hier immer herum, nur zur Abendbrotzeit war niemand draußen.

– Wieso? Kannte der Dieb die Hausordnung?

– Wie es aussieht.

– Wo ist Kutscherow?

– In Haft, – hustete Chripli heraus.

– Ihr verliert ja keine Zeit.

Der Franzose lief noch einmal durch den Stall.

– Und wer hat den Schlüssel zur Tür? – fragte Albre den mit dem Backenbart.

– Den hatten Kutscherow, Chrisantidis und auch Berg, aber der ist zur Zeit in Baku, er müsste jederzeit zurück sein.

– Hat man bei Chrisantidis Leiche einen Schlüssel gefunden?

– Nein.

– Können Sie das Pferd beschreiben?

– Ein englisches Ross, fünf Jahre alt, schwarz, und wie gesagt, *der* Favorit bei den Pferderennen im Kaukasus.

– Und hat man das Pferd denn ohne Sattel gestohlen? – der Franzose stocherte plötzlich mit seinem Stock zwischen Geschirr und Sattel an der Wand herum.

– Ja, das muss man klären, ob es da noch einen anderen Sattel gab, – meinte Chripli nachdenklich.

– Und das hier hat man da gelassen, – zeigte Albre auf eine weiße Rosenknospe von irgendwoher.

– Eine Rose?

– Ja, sie lag hier, von Hufen zertreten, – zeigte Albre mit

dem Finger auf den winzigen Rest von Flora. – Hier ist sonst nichts mehr zu finden, – drehte sich der Franzose um und ging hinaus.

Chripli ging mit ihm, sie standen eine Weile mitten auf dem Hof herum, dann setzte sich Albre in Bewegung Richtung Tor und inspizierte das Schloss. Es war von französischer Bauart und ging von selbst mit einem Knacken zu.

– Ein solches Tor mit einer Gabel oder einem Draht aufzubekommen, ist schwer, aber nicht unmöglich, – sagte Albre und blickte gleichzeitig zu beiden Seiten die Straße entlang.

Es sah die Sanduferstraße, mit all ihrem Lärm und all den Passanten, auch Molokanen` waren zu sehen, auch Nachfahren der deutschen Kolonisten, ein paar Durchreisende und überhaupt die ganze bunte Mischung von Tiflis, hier lief alles hin und her und durcheinander. Man spürte die Nähe des Stroh-Platzes, der Färberwerkstätten, der Gerber, der Seifenfabriken, der Weinhändler und Kutscher, und nach all dem roch es auch, und alle möglichen Töne klangen durcheinander, als sei man genau hier, ausgerechnet in der Sanduferstraße, Zeuge der Babylonischen Verwirrung.

Deutschland und der Tataren-Untergang bei Warschau! Deutschland und der Tataren-Untergang bei Warschau! – jemand mit einem flachen Korb voller Bücher auf dem Kopf überquerte die Straße.

– Ich denke, die Ankunft von Berg wird vieles erhellen, außerdem werden wir auch durch diesen Chrisantidis einiges in Erfahrung bringen, – wandte sich Albre Chripli zu, – und ehe wir nichts Sicheres in der Hand haben, und ihr habt ja mit euren Stiefel alles zerstampft wie auf einem Rummelplatz, fangen wir mit dem Ende an. *Royal Mary* ist schließlich kein silberner Löffel, den man in die Tasche packt, oder? Das ist doch alles viel schwieriger. Viele hätten so etwas nicht gewagt. Und mit dem Diebstahl allein ist es ja nicht getan, die Beute muss ja noch verkauft werden. Gibt es solche Diebe in Tiflis?

– Ich habe nur auf Sie gewartet, sonst hätte ich sie alle längst an den Füssen aufgehängt, – bellte Chripli. – Wie konnten die sich mit dem Pferd davonstehlen, ohne dass es jemand merkt?!

– Das ist genauso schwer wie dass ein Kamel durch ein Nadelöhr geht, obwohl, – der Franzose zog seine Handschuhe glatt, – nicht unmöglich.

– Er ist verrückt, – dachte Chripli.

Asiatischer Prinz überholt Janitschar, es folgen Uragan und Elbrus, Janitschar keucht im Nacken des Asiatischen Prinzen, spürt den Atem des Gegners, steigert seine Geschwindigkeit, in der Biegung tauschen sie die Plätze, Janitschar ist der Erste, Asiatischer Prinz zweiter, Almas ist immer noch der Letzte, aber er versucht zu überholen, mit einer halben Länge ist er schon vorn, was tun sie nun, schaut! Wie konntest du denken, man könne ihm den Weg versperren! Sie nähern sich dem Schlamm. Vorsicht! Vorsicht! Schaut, da, Schwarze Perle hat Elbrus überholt, sie ist schon Sechster, Fünfter, Vierter, Dritter, ich traue meinen Augen nicht, ein Führer ist geboren, Zweiter ist Asiatischer Prinz, Dritter – Janitschar, aber was sehe ich denn, Schwarze Perle ist stecken geblieben, Janitschar hat sie eingeholt, wartet, schaut, schaut mal, was ist da los? Voran saust Asiatischer Prinz, ein erstaunliches Rennen ist das, ein starkes Rennen, freut euch, freut euch, der Gewinner ist Asiatischer Prinz, Rosen und Zucker für ihn, wer hätte das gedacht.

Ein großer Mann mit Zylinderhut und langem Gesicht blickte auf die Rennbahn hernieder und beschrieb lautstark das Geschehen dort, die daneben stehenden Spieler mit den Wettscheinen aber schrien auf ihre Art nicht minder. Insgesamt vielleicht zwanzig Männer waren dort versammelt. Manche waren wie Kintos˙ gekleidet, manche in persischen Gewändern, man sah Judenbärte, und auch ein Deutscher im Gehrock stand da. Sie alle hielten unterschiedliche Zettel in den Händen. Das waren ihre Eintrittskarten für diese „Rennbahn", allerdings fanden die Wettrennen nicht auf dem offenen Feld von Didube˙ statt, und die Kasse wurde auch nicht von Bakradse verwaltet, der sonst immer alle möglichen Rennen ausrichtete, ob mit Pferden oder Kamelen, mit Velos oder Fuhrwerken, und es gab bei ihm sogar Luftballon-Wettfahrten. Nein, Bakradse war nicht da. Seinen Platz hatte dieser teufelsgleiche Kerl eingenommen, Artur Arturowitsch, der kürzlich mit seiner ganzen Rennausstattung in der Brusttasche aus Odessa gekommen war. Bei ihm lief das Rennen auf einem von Stangen umrahmten Tisch: Schaben liefen hier um die Wette. All das fand in einer dreckigen Spelunke statt, und dort war gewöhnlich auch Arturowitschs Bleibe.

Auf der einen Seite der Spelunke fand sich das schwarze Dorf, das Oschpitliviertel, auch Nawtlughi˙ und das Heilige-Barbara-Viertel, auf der anderen Seite lag das Zigeunerviertel, das Blindenviertel, das Viertel von Karmis Awetarani˙ und Awlabari˙, und genau dazwischen in der Peter-Paul-Schlucht, nicht allzu weit vom Friedhof entfernt, lag, grob aus Holzbrettern zusammengezimmert, diese Kneipe. Dort hineinzugehen, war nicht ganz ungefährlich, weder bei Tag noch bei Nacht.

– Meine Wette lief auf Janitschar, – rief ein Kinto mit lauter Stimme und schwang ein blaues Papier in der Hand, das hatte er gerade mit einer Geldmünze erstanden und hoffte nun auf seinen Gewinn, um sich abends in den Ortatschala Gärten gehörig betrinken zu können.

– Hat Janitschar nicht gewonnen?!

– Ist Janitschar etwa besiegt worden?!

Die Menge war erregt, die Verwirrung war groß, und Missstimmung breitete sich aus.

– Wie soll das denn gehen? Meine zehn Rubel! Gebt mir mein Geld zurück!

– Das ist doch kein Theater, wo man Geld zurückkriegt. Janitschar ist besiegt worden, die Wette ist verloren, – entgegnete Artur Arturowitsch, der solch lautstarke Widerrede schon gewöhnt war, und wimmelte den Bittsteller ab.

– Er wurde mit Alkohol abgefüllt, Janitschar wurde abgefüllt! Das ist Betrug! – man hörte plötzlich geradezu verzweifeltes Schreien.

– Seht, seht doch, wie er auf seinen Füßen taumelt, – rief einer, die Augen auf den Favoriten des Rennens gerichtet, der da zwischen ähnlichen Käfern krabbelte.

– Betrüger! – rief ein Tatar aus.

Und zwei von ihnen griffen den Tisch und kippten die ganze Rennbahn um. Es blitzte schon ein Dolch auf, und es hätte zu einer Stecherei kommen können. Jemand griff sich den Tornister von Artur Arturowitsch und riss ihn weg. Dabei löste sich der Henkel, der Tornister öffnete sich, und es fielen allerlei Münzen heraus, angesammelt auf dem Basar, wegen der Wurfspiele gegen die Wand an den Silberrändern ramponiert, auch gefälschte Münzen von Amirchanow und Kleketsa, osmanische Medjidie˙, persische Grahan˙ und altes tatarisches Silber neben manchen unter dem Marktstand gefundenen Goldmünzen, all diese Münzen lagen nun herum, auf dem Boden verstreut und in den Holzrillen versteckt.

In diesem Moment war plötzlich anderer Lärm zu hören, ein Tritt gegen die Tür, es brachen dabei ein paar Holzbretter. Aufgeschreckte Holzwürmer entflohen aus ihren splitternden Latten, aber es mag auch sein, dass sich die Würmer mit den unten herum kriechenden Käfern vergnügen wollten.

– Polizei! – erscholl der Warnruf eines Spielers, und als der versuchte, sich durch das Fenster zu verdrücken, warteten draußen schon Wachmänner, packten ihn am Schopf und zogen ihn durch die Öffnung heraus.

Die Polizei kannte kein Erbarmen, jeder bekam seinen Tritt ab, keiner blieb verschont, auch diejenigen nicht, die versuchten, sich dem Zugriff der Polizei zu entziehen.

Artur Arturowitsch aber, gewöhnt an solche Erlebnisse, griff flink seine wertvollen Schaben und fing an, sie ins Kästchen zu packen.

Eine aber entkam, und als er sie am Boden ergreifen wollte, trat ihm jemand mit dem Stiefel auf die Hand. Der mit dem Stiefel – und einem langen Backenbart – schaute von oben auf ihn herunter.

– Mon cher, das ist doch Willkür, ein Verstoß gegen die Regeln, – rief Artur Arturowitsch aus, und bestimmt dachte er an die zehn Rubel, mit denen er die Polizei bestochen hatte.

Die Hand eines anderen Polizisten packte ihn am Kragen und zerrte ihn in die Ecke. Draußen vor der Tür war Albre zu sehen, der die Vorgänge genau beobachtete. Chripli wartete noch, bis sich alles beruhigt hatte, um weniger Mühe mit seiner Arbeit zu haben.

Artur Arturowitsch hatte begriffen, dass sein Bestechungsgeld futsch war; das, was hier geschah, musste einen anderen Hintergrund haben. Nur eins konnte er nicht begreifen – warum ein paar Schabenrennen einen solchen Aufruhr verursachten? Chripli nahm sich die Figuren an der Wand vor, und fasste manchen ins Gesicht wie beim Pferdekauf, drehte deren Kopf mal zur Seite, dann wieder nach vorn und drückte auch mit der Hand am Kinn herum.

Er suchte jemanden mit einer Wunde, die vielleicht durch einen Bart verdeckt war, fand sie aber nicht und richtete schließlich seine Augen fest auf jemanden, der ihm bekannt vorkam.

– Müsstest du nicht im Knast sein?!

– Frei bin ich, frei! Vor einer Woche haben sie mich rausgelassen, – sagte dieser jemand und zog dabei eine Menge Rotz die Nase hoch.

– Und dein Kumpel, Turkiaschwili, wo steckt der?

– Kumpel?! Kein einziges Mal hat er mich besucht und mir mal ein Stückchen Brot gebracht, zwischen uns ist eine Mauer, es soll ihm im Hals stecken bleiben, was ich für ihn getan habe …

Statt zuzuhören, nahm Chripli gleich die Faust und demolierte ihm das Auge.

– Willst Du wieder Büffel aus Brotkrumen basteln?! – es sah so aus, als ob er ihn mit Vergnügen mit einen zweiten Schlag versorgt hätte und mit der stinkenden Gefängnisluft noch dazu.

– Meine Fresse, du hast mir meine Fresse zerschlagen, – wischte der andere sich das Blut von der Nase und schmierte es über's ganze Gesicht.

Inzwischen hatte man auch den Wirt der Kaschemme in seiner Schürze zu Chripli geschleppt. Der mit seinem Backenbart guckte ihn herablassend an.

– Wo steckt Turkiaschwili?

– Ich schwöre bei meinen beiden Kindern, seit Weihnachten habe ich ihn nicht gesehen. Vielleicht hat er einen Stich in den Bauch bekommen und seine Seele ausgehaucht.

– Werft alle in den Wagen, und falls sie sich dort nicht erinnern, ist ihnen die Einzelzelle sicher.

– Einzelzelle?! Hab ich etwa einen Bischof umgelegt? – hörte man im Hintergrund die Stimme eines Festgenommenen.

– Was für'n Zirkus ist das alles! – brüllte noch jemand.

Wenn Tifliser Diebe etwas fürchteten im Metechi-Gefängnis, dann war das die Einzelzelle. Da saß man allein, hatte weder Wein noch Spielkarten noch irgendein Gegenüber. Es gab nichts!

– Schleppen wir alle mit?

– Ihn noch nicht!

Gemeint war der mit dem langen Schnurrbart, und der versuchte zu erraten, was ihn erwartete.

– Wer bist denn du?

– Artur Arturowitsch, – antwortete er, als entstamme er dem Geschlecht der Wittelsbacher.

– Aus Odessa? – das hatte Chripli aus seinem Dialekt geschlossen.

– Ich vertrete die Kaiserliche Universität von Kazan …

Chriplis lautes Gelächter unterbrach ihn.

– Los, durchsuchen! – nickte Chripli seinen Leuten zu, und die durchsuchten den selbsternannten Insektenkundler vom Kopf bis zu den Fußsohlen und entdeckten ein Kästchen.

Chripli nahm das Kästchen, öffnete es, heraus krochen Schaben, und die Dose kippte ihm aus der Hand. Zusammen mit den Schaben krabbelten auch andere Käfer herum, und der mit dem Schnurrbart fiel wie verzweifelt auf die Knie und folgte den Viechern auf allen Vieren.

– Mein Gott, die Schwarze Perle, der Asiatische Prinz, oh, Achtung, weg mit dem Stiefel, – er bedeckte die Schaben mit der Hand und legte sie ins Kästchen zurück, – hab ich doch gesagt, ich bin Insektenkundler …, oh, nein, nein, mein, Gott, das ist ja Janitschar! Nein, nein, er nicht, bloß er nicht!

Chripli schaute auf all das mit einem höhnischen Lächeln herab.

– Er ist der Meister beider Ufer des Bosporus, der Sieger Asiens und Europas. Der Favorit jedes Rennens und aller Wetten.

Knack! Und der Sieger beider Ufer des Bosporus wurde unbarmherzig zerquetscht. Chripli drehte noch den Absatz hin und her, um seine Tat zu vollenden.

– Packt auch ihn, – befahl er beiläufig.

– Ich bin Staatsbürger von Österreich-Ungarn, das ist Willkür …, – das Gejammer des Buchmachers verlor sich in der Peter-Paul-Schlucht …

– Das ist eine verdammt gefährliche Kaschemme, – nun nahm sich Chripli für Albre Zeit, – hier treffen sich alle, Verbrecher wie Michak Gulakow, Tuwlischwili oder Tato Tsulukidse haben sich hier versteckt, auch Pankisa, Schleika und Siso trieben sich hier herum. Man müsste Naphtha drüber gießen und dann alles zu Asche machen. Hier konnte man sonst auch Turkiaschwili antreffen. Und wenn jemand in Tiflis dieses Pferd stehlen kann, dann er. Er ist Dieb und Händler dazu. Und die Pferde bringt er ins Osmanische Reich.

– Wo ist er denn, dieser Turkiaschwili?!

– Wenn die etwas wissen, werden sie es auch ausposaunen. Kann aber gut sein, dass er ganz zufällig durch wessen Hand auch immer umgekommen ist. Er ist ein richtiger Pferdedieb, kein Priester! – dabei schaute Chripli sich an, wie die Glücksspieler in die überdachte Kutsche verfrachtet wurden.

– Nun, was machen wir jetzt?

– Falls er wirklich tot ist, müssen wir Ahmed und Mamed Mamed Oglus finden. Sie entführen Pferde nach Dagestan. Außer Turkiaschwili können auch die beiden das. Sie kommen aus dem Viertel am Melonen-Platz. Aber die zu ergreifen, ist keine leichte Aufgabe. Auf jeden Fall werden wir aber ihren Vater, diesen Köter, finden und ihm mit der Kneifzange alles aus dem Mund herauslocken.

Mamed Ali Oglu kam durch die engen Gassen von Seidabad`, mal sprang er auf einem Bein, mal suchte er mitten im Schlamm einen Stein, um seinen Fuß darauf zu setzen, damit seine weichen Schuhe nicht nass wurden. Er war geschickt. Und aufmerksam beobachtete er seine Umgebung. Diese vorsichtige Art zu laufen war nicht alles, es fehlte ihm auch nicht an Tapferkeit. Es gab Zeiten, da er seinen Arm in das Maul eines Tigers stecken konnte, um dort eine Handvoll Gold herauszuholen. Die Beute gab er für Wein, Opium und Rachatlukum aus, und er dachte nicht daran, sich nach Mohammeds Schriften zu richten. Er konnte mit fünf Karten spielen statt mit den erlaubten drei, zwei hielt er in der Faust versteckt, und keiner merkte es. Dabei durchbohrte er mit seinem Blick den Mitspieler auf den Kissen vor ihm und mühte sich redlich, ihn durch unflätigstes Verhalten zu verschrecken, und unvermutet warf er auch mal ein paar der vor ihm aufgestapelten Goldmünzen quer über den Tisch. An Ideen, seinen Gegenspieler zu bluffen und durcheinander zu bringen, mangelte es ihm nie, er war bei jedem Glücksspiel dabei. Er fehlte nie.

In Tiflis mochten sie jedes Spiel, egal ob asiatisch oder europäisch. Pasch, Nackter Spatz, Grand Hasard und Trumpf, Melonenwette, Kniffel, niemand konnte sie alle aufzählen. Und man kannte natürlich europäische Spiele wie Boston, Whist, Bankvorteil, Spouting, Piquet, Baccarat, Makao, Königliches Spiel, rouge et noir. Mamed war auch in den Kaffeebuden des Paskevitsch-Platzes vertraut mit den dort gängigen Spielen. Dort hatte man ihm ein Ohr abgeschnitten – wegen Falschspiel. Aber was er seitdem mit einem Ohr gehört hatte, konnten viele mit zwei Augen nicht sehen. Er war nicht wirklich groß und trug einen Bart im knöchernen Gesicht, hatte als Gehilfe in einem Bad angefangen und war dann auch als Barbier, Ohrenputzer, Bartschneider und Färber aktiv. Aber alle diese Berufe erfüllten seinen Herzenswunsch denn doch nicht: Pfeife rauchen, Wein trinken und Glückspiel – das waren seine Leidenschaften.

Mamed lief am Bädertor der Stadt vorbei und näherte sich den Kaffeebuden des Schaitan Basars. Auch das ein Ort für Spieler, ein Teufelsbasar. Hier versammelten sich Taschendiebe, Räuber, Gauner, Schwindler, Kartenspieler, Mörder, Schurken, Falschgeldhändler, Frauenräuber, Trickbetrüger, Rowdys, Raufbolde und jedes andere abscheuliche Gesindel.

Die Gegend war auch voller Bordelle. Die Nutten standen auf dem Straßenstrich, und wenn sie einen Passanten sahen, der nach Geld roch, stürzten sie sich auf ihn, nahmen ihm seinen Hut ab und rannten ins Freudenhaus in der Hoffnung, ihn so hinter sich her zu locken. Oft wurden diese Opfer später mit durchschnittener Kehle im Fluss gefunden.

Als Mamed sich dem Kaffeehaus näherte, kamen ihm der übliche Gestank und das bekannte Geschwätz entgegen, gemischt mit den Flüchen, mit denen ein schlechtes Blatt quittiert wurde, das man gerade ausgegeben hatte.

– Ich schwöre bei Tsinanaur˙, als ich die Karten mischte, steht auf einmal der Priester von der Dsigraschen˙ Kirche neben mir, und labert mir die Ohren voll und fragt, warum ich denn schnurstracks in die Hölle wolle, – erzählte mitten in der Kaffeebude gut gelaunt ein Kartenspieler mit Muttermal, – Wohin will ich?! Was hab ich denn in der Hölle zu suchen? Sieh doch, ich predige gerade den Glauben des Herrn! Der Priester war völlig von den Socken, – lachte der Erzähler leise vor sich hin, – ich hab ihm gesagt, wenn ich die Sieben aufdecke, predige ich die sieben Todsünden, wenn ich eine Acht aufnehme, predige ich den Glauben des Jesus Christus, der am achten Tage kam und seine Friedensbotschaft verkündete. Nehm' ich die Neun, dann werde ich in neun Glückseligkeiten schwelgen, bei Zehn denke ich an Moses' Zehn Gebote.

Ringsum dampften die Pfeifen und die Kaffeekannen. Husten, Seufzen, Lachen, Schweißgestank, auf die Hose verschütteter jemenitischer Kaffee, mit Sorbet verschmierte Finger, Allah- und Christusrufe, Schicksalsflüche, Karten, die mitten in den Raum geworfen wurden, Geld, auf dem Tisch zusammen geschaufelt – das alles konnte man mit seinen einfachen Sinnen aufnehmen. Betrügerisches war nur bei genauerem Hinschauen und mit viel Erfahrung zu entdecken: hier ein Zwinkern, da ein Zeichen mit den Fingern, dort ein Ablenkmanöver, Karten, in die Fingernägel ein Zeichen kratzten, Karten, die in Ärmeln und in Pantoffeln verschwanden …

In der Kaffeebude gab es eine Menge Leute. Sie kamen und gingen, manche schauten aus der Ferne zu, manche standen in der Ecke, als ob sie sich nicht trauten, näher zu treten.

Mamed ließ sich in einiger Entfernung nieder, füllte den Mund mit Rauch aus der Schischa und stieß ihn wieder aus. In die Gespräche mischte er sich nicht ein. Nur dem Mann an der Bar zwinkerte er gut gelaunt zu, und der nickte auch gleich zurück.

– Verdammt, was spielst du so einen Mist! Weißt du nicht, was ich brauche?! Karo! – erregte sich einer mit rotem Gesicht.

– Ja, Karo, und dann hätte er trumpfen müssen, dann wär' er seine Trümpfe los, – rechtfertigte sich sein Spielpartner.

– Das Spiel werden wir verkacken! Sie haben sich vier Karten gegriffen, Buben haben sie bestimmt auch.

– Gala! – rief der Geber mit großer Geste, – alle vier

Asse gehören uns, hier ein Bube, hier, der zweite, der dritte, bis zum Schluss nur Buben, – machte der Spielpartner des Mannes mit dem rotem Gesicht weiter und deckte die dicht nebeneinander liegenden Karten auf.

In diesem Moment betraten drei Kerle die Kaffeebude, und ein Blick auf sie reichte: Es waren Mistkerle. Sie waren betrunken, brachen lärmend herein und schauten auftrumpfend in die Runde. Bei einem der Kerle hing die Jacke offen – eine Art kaukasischer Halbrock –, da drunter in der Tasche sah es nach einem Revolver aus. Mamed paffte, und seinem scharfen Blick entging das nicht, er hatte die drei schnell abgecheckt. Wenn man sie ganz genau betrachtete, kam man zu der Einschätzung, dass allein ihre Klamotten tausend, tausendzweihundert Rubel wert waren, und ihre Taschen wirkten auch nicht gerade leer.

Während sie noch einen Platz suchten, kam Daschchoscha herein, der Narr des Basars, und fing an, um Geld zu betteln, manche gaben ihm etwas, manche wehrten ihn mit der Hand ab. Auch die Mistkerle kamen an die Reihe. Und, wieviel würden sie spendieren? Der mächtige Kerl nahm tatsächlich etwas aus seiner Tasche und drückte es dem Narren in die Hand, hielt sie aber fest und ließ sie nicht mehr los. – Auweh! Der Narr begann zu schreien, die Kerle brachen in lautes Gelächter aus. Ein paar Gäste lachten auch, andere nicht. Der Narr schrie lauter und lauter, fuhrwerkte mit der Hand herum, und zum Schluss konnte er sie aus der Faust des Mistkerls befreien und schüttelte sie, als ob er kochendes Wasser abbekommen hätte. Eine Maus fiel auf den Boden. Wieder brachen die drei Kerle in lautes Gelächter aus. Dann gab einer dem Narren ein Kopekenstück, ein anderer nahm eine Zigarette aus seiner Brusttasche und steckte sie ihm in den Mund.

– Scherbett˙ her! – rief einer der Kerle den Kellnerjungs

zu. Mit der Schulter schob er die um den Tisch Stehenden beiseite und setzte sich, – Zeig her! –, ließ sich nagelneue Karten reichen, mischte und fächerte die festen Blätter knisternd von einer Hand in die andere auf.

– Was spielt ihr? – er wurde nicht leiser.

– Stoß, Bakarra, Trumpf …

– Stoß! Wir spielen Stoß! – sagte der Kerl mit dem Revolver und packte ein Bündel Geldscheine aus. Es war ein ziemlich dickes Päckchen, er legte es vor sich, und einige große Banknoten hatte er gleich in die Mitte geworfen. Seine Tischgenossen setzten sich neben ihn und öffneten seidene Geldbeutel und dicke Portemonnaies.

– Wieso stehst du neben mir wie ein Nachtwächter! – rief der Kerl dem hinter ihm zu, der sich sichtlich mühte, ihm in die Karten zu schauen.

– Ich spiele mit, – hörte man Mamed plötzlich. Gleichzeitig schob er jemanden zur Seite, der auch sofort den Weg frei machte.

Prüfend betrachtete der Mistkerl Mamed von unten bis oben und stülpte seine Unterlippe heraus.

– Aber du hast doch das Kartenspiel aufgegeben? – versuchte der im roten Halbrock Mamed zu erinnern.

– Ich hatte einen Traum, – war Mameds Antwort, und er legte die Hände auf den Tisch.

– Was für einen Traum?

– Im Traum sah ich drei Karten, – sagte Mamed und warf eine Goldmünze hin. Die Münze drehte sich so lange im Kreis, bis der Mistkerl sie mit einem Handschlag stoppte.

– Deine Lügenmärchen kannst du zu Haus erzählen. Was spielst du jetzt?! – dabei starrte er Mamed mit festem Blick an.

– Dreier.

Mamed kippte das ganze Geld aus seinem Beutel auf den Tisch.

– Verspielst du die Mitgift deiner Töchter? – fragte jemand. Mamed hat keine Töchter und hatte auch nie welche gehabt.

– Dreier, – wiederholte er.

– Warte, ich geb' die Karten aus, – sagte der Mistkerl, nahm den Satz vom Geber noch einmal auf und mischte gut. Er ließ Mamed abheben und warf ihm danach eine Karte zu.

Mamed beeilte sich nicht, die Karte anzuschauen, er legte eine Hand darauf und flüsterte eine Weile mit geschlossenen Augen vor sich hin, ließ dann seine Blicke schweifen, drehte die Karte um und ... Drei!

– Ach! – rief einer aus.

– Ich sage doch, sah einen Traum, – meinte er und häufte das gewonnene Geld vor sich auf. Der Mistkerl schaute sich verblüfft um, und seine Kumpane hätten fast einen Streit begonnen, hielten sich dann aber doch zurück.

– Jetzt noch einmal. Alles auf die Sieben! – schob Mamed die Banknoten in die Mitte.

– He, und du, was hast du jetzt vor? – fragte der im roten Halbrock den Mistkerl.

Der zögerte ein wenig, dann aber packte er auf den Geldhaufen auch sein Geld und mischte die Karten. Wieder ließ er Mamed abheben, und wieder warf er ihm dann eine Karte zu. Der Tatar betastete die Karte vorsichtig und begann zu flüstern. Nach kurzer Zeit drehte er sie um, und – eine Sieben lag auf dem Tisch!

– Donnerwetter! – jetzt wurde gebrüllt.

– Heute ist mein Tag, – sagte Mamed und legte seine Hand auf das gewonnene Geld.

Nein, die Mistkerle konnten es nicht wagen, einen Tumult anzuzetteln. Die ganze Kaffeebude versammelte sich um den Tisch und schaute zu. Und vielleicht hatte ja auch einer von ihnen einen Revolver.

– Jetzt noch eins, und ich setz' auf Pique Dame.

– Hast du deine Seele dem Teufel verkauft, was? – stieß der Kerl hervor. Er stank nach Alkohol. Auf Mameds Gold und Silber packte er nun seine Geldscheine, mischte das Blatt, warf Mamed eine Karte zu und beobachtete dabei dessen Hände und Finger. Wieder flüsterte Mamed, wer weiß, welchen Teufel er um Hilfe bat.

In diesem Moment flog die Tür auf, und unter den Hereinstürzenden konnte man einen Mann mit Backenbart erkennen. Er wurde von einer Menge Polizisten begleitet, und im dichten Qualm und Dampf stürzten die sich nun auf die Anwesenden. Chripli packte sich Mamed und hielt ihn an seinem Hemd.

– Ach du, Borstenvieh! drehte er Mamed nun den Arm um. Aus dem Ärmel fiel Pique Dame.

– Du Schweinehund! – hatte der Mistkerl erkannt, griff nach seinem Revolver und wollte schon abdrücken. Aber auch ihn packten sie und warfen ihn zu Boden.

Derweil explodierte Daschchoschas Zigarette, weil die mit Schießpulver gefüllt war, und in dem plötzlichen Durcheinander schlug Mamed dem Polizisten die Arme weg, sprang hoch, rannte Richtung Fenster, hechtete hinaus und war verschwunden.

– Verdammt, nein, das gibt's doch nicht, wie konnte er uns entkommen?! – Chripli grämte sich geradezu wegen Mameds Flucht durch die Bädergassen.

– Dieser Mann sah äußerst gewandt aus, wahrscheinlich treibt er auch noch Gymnastik …, – mutmaßte der Franzose.

– Der versteckt sich bestimmt in irgendeinem Bad. Aber es ist nicht leicht, all die Kellerräume dort zu durchsuchen. Vielleicht ersparen wir uns eine neue Enttäuschung … Wolfsdorf kann uns sicher eine Antwort geben, – dabei prüfte Chripli die Trommel seines Revolvers.

Die schwarze Kutsche mit Chripli und Albre hatte Didube hinter sich gelassen und näherte sich Alexanderdorf.

– Früher trieb er sich immer in der Spelunke von Berchmann herum, aber dort war er seit langem nicht mehr aufgetaucht. Man sagte, in Alexanderdorf sei er nun oft zu sehen.

– Und die gestohlenen Pferde schaffe er nach Masanderan fort, – Chripli tobte vor Wut.

Albre stützte den Kopf auf seine Hände, die über dem Gehstock gefaltet waren, die Augen geschlossen träumte er von Akkordeonmusik und einem Café im Quartier Latin.

– Keinem einzigen Straßenloch bist du ausgewichen! – drang Chriplis Geschimpfe an Albres Ohr; der dachte mittlerweile an den Duft von Bratkastanien irgendwo auf dem Boulevard des Capucines. Ein Stoß an der Schulter riss ihn aus seinen Träumen.

– Wir sind da, – posaunte Chriplis Stimme. Albre hob den Kopf und sah hübsch gedeckte Häuser, aus deren Schornsteinen Rauch aufstieg.

Ringsum standen die Gebäude in Reih und Glied und

wirkten sehr gepflegt. Alles schien in bester Ordnung, und jeder Bewohner hatte seine Ruhe. Die Häuser waren nach deutscher Art gebaut, mit Steinen zwischen den Holzbalken.

Irgendwo sahen sie plötzlich eine Ansammmlung, die Menge bildete einen Kreis. Chripli gab dem Kutscher ein Zeichen, als sie sich näherten. Die Polizei war auch schon da.

– Räumt den Platz, verschwindet! – rief ein Polizist mit umgeschnalltem Säbel und versuchte, die Menschen auseinander zu treiben. Chripli sichtete in der Mitte Usatow, der auf die am Boden liegende Leiche schaute: Der Dolchstoß war mitten ins Herz gegangen.

Chripli stieg aus der Kutsche, Albre folgte ihm auf den Fuß.

– Was ist los? – fragte Chripli.

– Eine Leiche, – Usatow konstatierte das Offensichtliche.

– Damit wirst du eine Menge zu tun haben.

– Ja, sicher …

– Und wer ist das?

– Schulz sagt, kein Einheimischer, ein deutscher Reisender ist er, – dabei blätterte Usatow in den Papieren des Ermordeten. – Laut Personalausweis heißt er Friedrich Grimmelshausen, und in der Tasche hatte er einen geladenen Bulldog-Revolver. Ich warte auf den Arzt. Die Leiche muss zur Obduktion.

– Das Messer stammt offensichtlich aus dem Orient, – bemerkte der Franzose, der den Toten eingehender betrachtete.

– Hier gibt es etwas Interessanteres, schaut her, – Usatow brachte nun seinen Zeigefinger zum Einsatz, – im Revers steckt eine rote Rose.

– Na und? – räusperte sich Chripli.

– Eine Rose ist zu sehen, – Usatow war sich da mit Albre einig.

– Ja. Sieht wie ein Dandy aus.

– Nein, hier geht's um eine andere Geschichte, erst Chrisantidis, der Grieche, dann der Elefantenbändiger und jetzt das.

Bei der Erwähnung des Namens Chrisantidis spitzte der Franzose seine Ohren.

– Chrisantidis genausso wie der Inder trugen solche Rosen. Einem steckte sie am Ohr und dem anderen am Turban. Und jetzt das, – sagte Usatow und klang vorsichtig.

– Irgendwie sind wir hier richtig, – Albre warf Chripli von der Seiten einen Blick zu.

Und auch Chripli witterte etwas.

– Mir kommen allerdings immer mehr Zweifel, ob wir Wolfsdorf finden, – fügte der Franzose hinzu.

– Mein Herr, wir haben noch etwas zu erledigen, dort in dieser Kneipe, – wobei er mit dem Gehstock die Richtung anzeigte, – und wenn Sie Ihre Angelegenheit hier geregelt haben, würde ich Sie bitten, sich uns dort anzuschließen und Ihre Gedanken in Ruhe zu erläutern.

Usatow wusste bereits, wer dieser Franzose war. Und also wusste er auch, dass es Pflicht eines jeden Polizisten in der Stadt war, ihm bereitwillig zu Diensten zu sein. Albre und Chripli zogen davon Richtung Kneipe.

– Ich bitte Sie, nicht hineinzustürmen, auch keine Gewaltanwendung! Ich denke, er ist ein anständiger Bourgeois, ein gewissenhafter Steuerzahler.

Ohne weiteres Aufsehen betraten sie Iwane Tkemaladses Kaschemme. Der Wirt schenkte gerade Wein ein, als ihm die beiden neuen Gäste ins Auge fielen.

Dass sie nicht zum Trinken gekommen waren, konnte man kaum übersehen.

– Nein, ich weiß nichts, ja, er hat sich schon mal hier herumgetrieben, das kann ich nicht bestreiten, hab ihn aber schon lange hier nicht mehr gesehen, – erwiderte der Kaschemmenwirt standhaft, als Chripli ihn zu Wolfsdorf befragte. – Ich weiß wirklich nichts, nein, hörst du nicht?! Werde ich hier etwa Räuber reinlassen? Siehst du diesen Rausschmeißer da? – dabei wies der Wirt mit der Hand auf den Türsteher, der aussah wie ein kräftiger Holzklotz.

Derweil hatte Albre ein Gemälde an der Wand betrachtet, direkt hinter der Theke. Auf Russisch stand darunter *Royal Mary*.

– Wer hat dieses Bild gemalt? – fragte der Franzose.

– Das hier? Einer, der sonst Schilder malt.

– Dieser Mensch wird eine Berühmtheit werden. Er wird sich erlauben, seine Bekannten zu begrüßen, ohne den Hut abzunehmen, – Albre warf Chripli einen vielsagenden Blick zu.

Chripli konnte auf dem Bild nichts außer Farbklecksen entdecken. Da betrat Usatow die Kaschemme, und Chripli löste seinen Blick von dem Gemälde.

– Bon d'accord, trinken wir etwas, und Sie können berichten, – Albre suchte einen Tisch aus, der Wirt wischte ihn ab, stellte drei Gläser hin und schenkte aus der Flasche ein, die er dann auf dem Tisch stehen ließ.

– Was denken Sie, wer war dieser Deutsche? – fragte Albre und rückte ein Weinglas näher zu Usatow.

– Er stammt nicht von hier, und es ist klar, dass er nicht zur Jagd gekommen ist. Ich kann nur sagen, in dem Fall ist das Wichtigste die Rose: kein einziger Mord ohne eine solche Rose.

– Und was soll das bedeuten? – fragte der Franzose noch einmal.

– Meiner Meinung nach ähnelt das alles dem, was in London geschehen ist. Sie haben von Jack-The-Ripper gehört? So etwas Entsetzliches in Serie, das wird es wohl auch hier sein, – Usatow hatte offenbar Zeitung gelesen.

Chripli räusperte sich.

– Wirklich sehr interessant. Können Sie etwas ausführlicher von den anderen Morden berichten? – Albre fragte ihn weiter aus. – Sie haben irgendeinen Inder erwähnt?

– Aber sicher, – Usatow war jetzt ganz bei der Sache, – erst wurde Chrisantidis in Aschpaschchana ermordet, und sofort kam mir diese weiße Rose hinter seinem Ohr in den Sinn. Es ist doch nicht normal, dass ein Stallknecht ein Dandy ist, wie Sie das vorhin ausgedrückt haben. Die Rose hätte ich bestimmt vergessen, aber zwei Tage nach diesem Mord wurde Hurree Chunder Mookherjee ermordet, im Thompson-Zirkus, ein Tierbändiger aus Kalkutta, und ebenfalls durch einen Dolchstich. Man fand ihn in einem Korb, der an einem Elefanten hing, und auf seinen Turban hatte jemand eine Rose gesteckt, eine rote Rose. Als ich das sah, hab ich sofort an diesen Stallknecht gedacht, und seither verfolgt mich dieser Gedanken regelrecht. Und jetzt haben wir noch eine Leiche, und am Revers finden wir wieder eine rote Rose. Da muss man doch vermuten, dass alle diese Verbrechen zusammenhängen!

– Wie haben Sie gesagt, ein Tierbändiger aus Kalkutta? – setzte Albre nach.

– Ja, er war Elefantendompteur. Genau von dem Elefanten, dem Thompson seinen Kopf ins Maul steckte. Bestimmt sind Sie im Bilde: Grande?

– Höchst interessant, – Albre zeigte sich nachdenklich, – dieser Thompson-Zirkus gastiert hier in Didube, nicht wahr?

– Ja, und wenn ich mich nicht irre, fahren sie in zwei Tagen nach Baku.

– Nach Baku?

– Ja, mit Sack und Pack, mit Pferden und Elefanten.

Der Zirkus Thompson hatte sein Zelt in der Tat in Didube aufgeschlagen. Aus den Zirkuswagen rund um das Zelt wurden Kulissen und Kostüme heraus geschleppt, deren Farbenpracht das Tifliser Publikum jeden Abend verzaubern sollte. Feuerschlucker und Kunstreiter, Zauberer und Akrobaten, vor allem aber sechs Elefanten hatte Thompson mitgebracht.

Die Truppe lief hin und her, man bereitete sich auf die Abendaufführung vor. Manche warfen Bälle hoch in die Luft, einige schlugen Purzelbäume, ein Gewichtheber warf Hanteln von Hand zu Hand.

– Wo ist Thompson? – fragte Chripli.

– In seinem Wohnwagen könnte er sein, steht dort drüben, gelbe Farbe, – murmelte ein Jongleur.

– Sie sind eben wie Nomaden, – entfuhr es Chriplis.

– Wissen Sie, als ich hier ankam und aus dem Zug den ersten Moslem sah, der seinen Teppich ausrollte und darauf niederkniete, dachte ich, er würde jetzt Bälle nach oben werfen und jonglieren ... er aber fing an zu beten, – erzählte Albre.

Chripli hörte ihm nicht zu.

– Mon dieu, meine Liebe zum Zirkus ist wirklich nicht erloschen. Claquesous, der Bauchredner! Sie haben ihn natürlich nicht erlebt, wo hätten Sie ihn auch sehen sollen, er zauberte ja für uns auf dem Montmartre ...

Chripli gab keine Antwort, er folgte der Beschreibung des Jongleurs und näherte sich dem Zirkuswagen, öffnete die Tür und trat ein.

Im Raum herrschte ein eigenartiges Durcheinander – zerschlagene Gläser, verstreute Spielkarten und ein langer

Degen, auf dem Blutspuren zu erkennen waren. In der Ecke lag ein Mann, mit einem Strick gefesselt, der Mund verstopft.

– Was ist denn das?! – rief Chripli und stürzte zu dem Gefesselten. – Er atmet nicht, er ist tot, – stieß er hervor und schaute zu Albre auf.

Der Franzose überprüfte mit einem Blick den Raum.

– Zum Teufel, – Chripli richtete sich auf, nahm den Degen in die Hand und schaute auf das Blut darauf, – noch eine Leiche!

Albre setzte sich auf einen Stuhl, lehnte sich zurück und schaute ruhig auf die Zirkusplakate an den Wände.

– Wir müssen die Polizei rufen, – sagte Chripli und wollte hinausgehen.

– Warten Sie noch, wir sollten uns erst selbst ein Bild machen, – unterbrach der Franzose ihn und zeigte mit seinem Stock auf das Durcheinander im Raum.

Jetzt betrachtete auch Chripli die Umgebung aufmerksamer.

– Setzen wir uns zwei Minuten hin und überlegen, was hier passiert sein könnte. Vielleicht fangen Sie an. Was denken Sie, womit wir es zu tun haben? – fragte der Franzose.

Chripli schaute zuerst zu Albre, dann sah er sich noch einmal im Raum um. Er betrachtete nun alles recht genau und zog dann seine ersten Schlüsse.

– Es sieht so aus, als sei es beim Kartenspiel zum Streit und dann zu einer Schlägerei gekommen. Dabei gingen die Gläser in die Brüche, und die Karten flogen herum. Jemand hat den Degen gezogen und das Opfer erledigt. Der Zylinder könnte dem Mörder gehören, er ist sehr groß. Vielleicht hat er ihn in der Eile liegen lassen? Obwohl … warum sollte man ihn ermorden und dann fesseln?

Chripli betrachtete Thompson.

– Er ist am Leben! – rief er plötzlich. – Ja, er ist wirklich am Leben! Er atmet! Schauen Sie mal, er atmet! – dabei rannte er zu dem Mann in Fesseln, – Thompson hat sich verteidigt und seinen Gegner mit dem Degen verletzt. Aber der war stärker und hat Thompson gefesselt. Helfen Sie mir, binden wir ihn los, – stieß Chripli hervor.

– Ich denke, er wird sich selbst befreien, – meinte unvermittelt der Franzose.

– Er, selbst?

– Hier hat es keinerlei Streit gegeben, kein Degen ist geschwungen worden, und niemand wurde verletzt oder getötet. Diese Gläser sind zerbrochen, als er jongliert hat, die Karten dienen für Zaubertricks, der Hut gehört nicht dem Mörder, sondern dem Zauberkünstler, daraus entfleuchen sonst Tauben oder Hasen. Der Degen aber ist zum Schlucken da, und beim Üben hat er sich die Wange verletzt, daher diese Blutspur, – es war eine völlig unerwartete Erklärung.

Chripli folgte mit aufgerissenen Augen.

– Und die gefesselten Hände … Er hat sich selbst gefesselt, und sich auch diesen Stoffrest in den Mund gesteckt. Das ist alles Zirkus, Thompson ist ein Zirkuskünstler, – erklärte Albre.

– *Allez hopp*, – ertönte es plötzlich, der gerade noch gefesselte Mann sprang auf, schüttelte seine Fesseln ab, hatte den Stoffknebel aus dem Mund genommen, und nun klatschte er in die Hände und verbeugte sich vor den Anwesenden.

– Bravo Monsieur, – sprach er Albre an.

– Zum Teufel, – rief der mit dem Backenbart.

– Ich verneige mich vor Eurer Scharfsichtigkeit, und jetzt haben Sie meine Aufmerksamkeit, – wobei Thompson sich überaus artistisch verbeugte. Er bat um einen Moment und rief aus dem Fenster, – Sophie! – dann wandte er sich wieder den beiden zu.

– Meine Herren, wollen Sie nicht Platz nehmen?

In diesem Augenblick trat jemand mit Bart herein.

– Sophie, bitte, bringe uns Tee.

Sie drehte sich um und verschwand.

– Nun, ich höre, – seine Hände reibend neigte sich Thompson den beiden zu.

– Sophie, ist sie ein Mann? – Chripli verfolgte sie mit den Augen.

– Sie ist ein Weib.

– Ist das Ihr Ernst?

– Das gehört zu unseren Glanznummern.

– Ist der Bart angeklebt?

– Nein, Sie können ziehen, um sich zu überzeugen.

– Ja, aber das ist doch ein Mann!

– Auf unserem Plakat steht, dass sie eine Frau mit Bart ist, und wenn jemand sich überzeugen möchte, kann er auch zwischen die Beinen fassen, aber dann muss er hundert Rubel bezahlen.

– Ein richtig guter Trick, – sagte Albre.

– Ja, aber bisher hat niemand bezahlt.

– Und wenn jemand bezahlt?

– Dann ist der Trick beendet.

– Und Sie werden Sophie verlieren.

– Ich werde Sophie verlieren, aber es kommt dann Juliette oder Helene, ist doch nicht schwer, einen Namen zu finden.

– Und mit Sophie läuft das gut?

– Schon seit zehn Jahren.

– Hast du keine Hemmungen, das alles in meiner Anwesenheit zu erzählen? – mischte sich Chripli ein.

– Das ist doch Zirkus. Wollen Sie mich verhaften, weil ich einen Menschen durchsäge? Würden Sie einen Zauberer verhaften, wenn er Tauben wegzaubert? Und verhaften Sie ihn dann wegen Diebstahl? Oder wegen Betrug am Volk? Das Publikum sucht doch im Zirkus die Überraschung und Kraft der Wunder, es will Magie …

– Ist ja gut, ist ja gut, alles klar. Aber jetzt erzähl mal von deinem Inder, – schnitt Chripli ihm das Wort ab.

– Also es lohnt sich wirklich, darüber zu reden, denn schauen Sie, sein Tod, im Großen und Ganzen, hat ja auch uns in Schwierigkeiten gebracht. Der Elefant rebelliert jetzt gegen uns.

– Ein Elefant?

– Ja, doch, Grande, von mir aufgezogen! Grande, seit zwei Tagen ist er auf der Flucht und stampft durch die Gemüsegärten der Bauern hier. Der ist erbarmungslos.

– Was Sie nicht sagen.

– Heute waren die Bauern aus einem Dorf in der Nähe bei uns, warten Sie mal, ich glaube es war Gldani˙, jawohl, aus Gldani. Und ein Bauer schimpfte, dass ein Elefant auch sein Grundstück völlig zertrampelt hat.

– Besteht Tollwutverdacht?

– Nein, es ist etwas anderes, seitdem sie Hurree Babu ermordet haben, kommt niemand an ihn heran. Er irrt umher und trampelt alles kurz und klein.

– Das ist ja interessant.

– Jetzt versuchen wir, ihn irgendwie zurück zu holen. Er mag gezuckerten Schnaps, und vielleicht locken wir ihn damit an …, keine Ahnung, was soll ich nur tun?

– Dieser verrückte Elefant fehlte uns noch, – sagte Chripli.

– Hurree Babu ist Schuld. Er hat ihm irgendein Zauberwort ins Ohr geflüstert, und seitdem kann ihn niemand mehr bändigen. Andererseits ist er doch von mir aufgezogen worden, Grande hat doch alles von mir gelernt. Ich habe meinen Kopf in sein offenes Maul gesteckt, aber jetzt wünsche ich das nicht mal meinem Feind. Die letzten Tage wartete er ständig auf Hurree Babu, und als der nicht kam, wurde er verrückt.

– Stammt Hurree Babu wirklich aus Indien? – unterbrach Albre.

– Ja, aus Isfahan hab ich ihn mitgebracht. Dort ist unser Elefantenpfleger an Malaria gestorben, und wir brauchten Ersatz. Ein Elefant ist ja kein Hund, er braucht besondere Pflege. Als beim ersten Mal so ein dicker Typ mit einem Schirm herein trat, dachte ich, er würde uns veräppeln. Aber mit Elefanten konnte er gut umgehen. Wenn Sie gesehen hätten, wie das Tier sich auf die Hinterbeine stellte, wenn er nur seinen Finger hoch hob. Keine Ahnung, was er früher gemacht hat, aber mit der Elefantenpflege kam er wirklich gut zurecht.

– Und wie hat er sich vorgestellt?

– Wir sind umherziehendes Volk, statt Empfehlungsschreiben brauchen wir Fähigkeit und Geschick. Er hatte unsere Elefanten wunderbar im Griff, und Grande gehorchte nur ihm. Obwohl ich ihn doch aufgezogen habe.

– Und wo hielt er sich sonst auf in Tiflis?

– Abends haben wir Aufführungen, bis dahin ging er in die Stadt, auch nach der Aufführung war er unterwegs. Aber so was stört mich nicht. Wichtig war nur, dass er rechtzeitig zurückkehrte, weil der Elefant ja niemandem gehorchte, wenn er nicht dabei war.

– Bekam er mal Besuch?

Thompson dachte kurz nach.

– Ja, ich habe mal einen Mann gesehen. Ich vermute, dass es ein Afghane war, nach dem Aussehen könnte er auch Usbeke gewesen sein, genau weiß ich das nicht. Er handelte mit Pferden, und wir haben auch zwei ziemlich gute Tiere von ihm gekauft. Hurree Babu sagte, dass dieser Typ eine gute Stute hätte und er deshalb mit ihm verhandeln wollte.

– Eine Stute?

– Ja.

– Hat der Inder irgendwelche privaten Sachen hier gelassen?

– Nur eine unscheinbare Truhe, voll von Kleinkram.

– Kann ich sie sehen?

– Dann kommen Sie mit.

Sie gingen hinaus und stiegen schließlich in einen anderen Wohnwagen. Das war ein echter Nomadenwagen, vollgestopft bis unter den Rand. Er hatte viele Meilen hinter sich, man sah es, und nicht weniger Abenteuer, und überall hingen Plakate an den Wänden, mit unterschiedlichsten Buchstaben bemalt – europäisch, russisch und sogar persisch. Thompson zog unter Pferdedecken eine Truhe aus Holz hervor und öffnete sie.

Sie war ziemlich abgewetzt, Metallkanten an den Ecken schützten ein wenig vor weiterer Abnutzung. Alles Mögliche lag darin – ein Zirkel, ein langer Rosenkranz aus Gagat, Bruchstücke anderer Steine, orientalisches Kleingeld, aber nur ein paar Münzen, einige Fetzen von Landkarten, man konnte nicht einmal mehr erkennen, welche Länder und Gegenden gemeint und mit rotem Stift markiert waren. Es gab auch zwei Holzschächtelchen. In einem lagen einige Pillen, vielleicht Chinin und Opiumkügelchen, in dem anderen, etwas größeren, fand sich in Papiertüten Pulver in verschiedenen Farben und daneben ein kleiner Topf mit Tusche und einige Pinsel. Außerdem fanden sie einige abgegriffene Bücher – *König Lear*, auch *Julius Cäsar* von Shakespeare und noch einen Band von Wordsworth.

Albre nahm die Bücher in die Hand und wendete sie hin und her. Es handelte sich um billige Exemplare, in Kalkutta gedruckt, im Verlag von Longman Green, und wirklich stark abgenutzt. Jemand hatte häufig darin geblättert.

– Und war er tatsächlich Elefantentreiber? – er schaute verwundert auf Thompson.

– Der Beste der Besten von allen, die ich jemals gesehen habe.

Plötzlich hörten sie einen schrillen Ton, wie die Trompeten von Jericho, einen ohrenbetäubenden Lärm von Zerstörung und Zertrümmerung. Es barst und knirschte, und man hörte lautes Geschrei. Wer sich in den Zirkuswagen aufhielt, spürte ein Schwanken wie bei einem Erdbeben und fiel krachend zu Boden. Alle sprangen wieder auf, stürzten zur Tür und … sahen einen zornigen Elefanten. Alles in seinem Weg griff er an, wandte sich hierhin und dorthin und brach schon etliche Stützpfosten am Zelt. Die Zirkusleute rannten kopflos hin und her, einige hielten Stricke in der Hand, obwohl ja klar war, dass sie damit gar nichts ausrichten würden. Der bärtige Mann oder die bärtige Frau – wie auch immer –, das Hundert-Rubel-Geheimnis des Zirkus, das auf den Werbeplakaten prangte, führte die Gruppe an, die versuchte, den zornigen Elefanten zu bändigen.

– Um Gottes Willen! Das ist die Erscheinung des Teufels, – rief Thompson entsetzt.

Mit entsetzlichem Gebrüll stürmte das Tier direkt auf die Zirkusleute mit ihren Stricken und Netzen zu, als sei er ein Elefant der Truppen Hannibals und in der Schlacht von Zama im Einsatz. Ach, was für eine gewaltige Staubwolke sein Getrampel in Didube aufwirbelte. Seine Verfolger flüchteten in alle Richtungen, Grande brüllte erneut, zerlegte noch ein paar Zirkuswagen und rannte dann in Richtung der Siedlung davon, wo die Molokanen wohnten.

Mahbub Ali kam aus den Karawansereien von Chojaparuchow und Maisuradse, gelangte durch die Reihen der Pantoffelhändler Richtung Tatar-Platz und lief die kleine Steigung mit den Weinverkäufern entlang. Dabei hatte er zwar auch die Händler mit ihren dicken Bäuchen im Blick, die bei den draußen präsentierten Weinschläuchen saßen, aber mit einem Auge schielte er immer wieder zurück. Er hatte einen Mann in Grau gesichtet. Das heißt, heute waren sie sogar zu zweit. Also fürchteten sie sich schon vor etwas. Na dann, ich lasse mich ein auf ihr Spiel, – dachte Mahbub Ali. Er wartete. Plötzlich verdeckten ihm zwei keuchende Männer, die einen Schrank schleppten, die Sicht. Er sprang zur Seite und schlug sich durch eine Reihe anderer Geschäfte. An den Kornhändlern vorbei gelangte er schließlich auf den Meidan und von dort zum Stoffmarkt. Ballen um Ballen hatten die Händler aus ihren Läden geholt und boten sie den Passanten mit heiligem Eifer feil, und manchmal schubsten sie sogar die Kunden bis in ihre Läden. Mahbub Ali betrat ein Geschäft und prüfte mit der Hand erst einen roten Satinstoff, dann einen schweren Samt, und dabei hatte er seinen Blick ständig auf die Tür gerichtet. Er kam aus Belutschistan, mit wertvollen Kaschmirstoffen war er vertraut, hier aber betrachtete er sie betont bewundernd. Und doch vergaß er nicht, die Tür im Auge zu behalten. Der Mann in Grau erschien plötzlich in seinem Blickfeld, aber er rannte eilig vorbei. Mahbub Ali blieb im Laden. Nur einen Moment später eilte der Unbekannte noch einmal vorbei. Inzwischen aber hatte sich Mahbub Ali wie selbstverständlich hinter dem Verkäufer versteckt und ihn gebeten, ihm diesen und jenen Stoff doch einmal zu reichen. Er erwarb noch dies und das und verließ den Laden. Aber er wählte den hinteren Ausgang, lief noch zwei Querstraßen weiter und nahm schließlich eine Droschke.

„Kukia" – das Wort hatte er sofort behalten und es nicht mehr vergessen, genau das sagte er nun dem Kutscher, und der zog sofort die Zügel straff. Die Kutsche fand ihren Weg durch den zentralen Basar·, dann durch die Reihen der Silberschmiede und das Jarmuka Viertel· und fuhr schließlich über die Michael-Brücke. In der Nähe des Woronzow-Denkmals sprang Mahbub Ali ab.

Eine kurze Strecke lief er nun zu Fuß und schritt auf dem Michael Prospekt ordentlich aus.

Um seinen Verfolger endgültig abzuschütteln, sprang er unvermittelt wieder in eine freie Kutsche und gab nun als Ziel „Didube" an – auch das war ihm leicht im Gedächtnis geblieben.

Während der ganzen Strecke sagte er kein Wort.

Der Kutscher hatte nur einmal kurz auf seinen roten Bart und seinen bucharischen Gürtel geblickt.

Die Stadt hatte ihre Vorteile – hier fiel man weder wegen seiner Kleidung noch seiner Bartfarbe besonders auf. Weder Sahib· schaut dich erstaunt an noch Kala Aadmi·.

So fuhren sie eine Weile, und allmählich verschwanden die herrschaftlichen Bauten, Gärten erschienen nun, gar nicht mal wenige, und etwas später wurden die sogar durch freie Felder abgelöst. Er dachte daran, wie sie in Peschawar Sahib Mackersons Brunnen gegraben hatten. Hier würde man keine Gebäude finden, – dachte er. Inzwischen näherten sie sich seinem Ziel, ein großes Zelt war dort aufgeschlagen.

In einiger Entfernung vor dem Zirkus hieß Mahbub Ali die Kutsche anhalten, er warf dem Kutscher ein paar Münzen hin, stieg aus und ging gemessenen Schrittes weiter.

Wieder schaute er sich um. Nein, niemand folgte ihm. Er war vorsichtig wie ein Wolf und konnte gut darauf verzichten, dass ihm jemand mit einem Stilett den Bauch aufschlitzte. Hinter den sieben Gebirgspässen erwarteten ihn noch zwei, drei nicht ganz zu Ende geführte Streitereien, und jemand hatte ihm sogar Rache bis aufs Blut geschworen. Er musste vorsichtig sein. Wenn er das alles aber hinter sich hatte, wollte er ein ruhigeres Leben führen. In der Bank von Bombay lag Geld. Sein Geld. Genug Geld. Mahbub Ali war Pferdehändler. Den Wert eines Pferdes schätzte er mit einem Blick ein, er fand das Beste vom Besten leicht heraus. Er handelte aber nicht nur mit Pferden, die er an den unterschiedlichsten Orten anbot, er verbreitete auch geheime Nachrichten. Wichtige Nachrichten. Wie oft schon hatte er im Pantoffel Papiere versteckt, oder er verbarg zur Tarnung Wichtiges in Broten, die extra dafür gebacken wurden. In den Akten war er bekannt als S 25.

Er blieb nicht weit vom Zirkus stehen und sah, wie ein Artist in einem bunten Trikot Feuer schluckte und die Flamme im Mund löschte, er sah wie jemand Bälle weit nach oben warf, um sie dann elegant wieder zu fangen, und auf einem gespannten Seil sah er Akrobaten, die sich vorsichtig nach vorne schoben. Aber deshalb war er nicht gekommen. Unverwandt schaute Mahbub Ali auf den Zirkuswagen, auf dem ein roter Elefant prangte. Die Wagentür öffnete sich und wurde wieder geschlossen, als ob jemand etwas vergessen hätte oder zögerte, nun doch heraus zu kommen. Endlich, dem Feuerschlucker misslang gerade ein Trick und das Feuer aus seinem Mund setzte das nähere Gelände in Brand, da ging die Tür des Wohnwagens wieder auf, und ein dicker Mann trat heraus. Seine Stirn schmückte ein Punkt, und in seinem Turban steckte eine rote Rose. Der Dicke bewegte sich wie eine Katze und lief mit einem gefalteten Schirm in der Hand, den er als Gehstock benutzte, die Treppe herunter. Schließlich gelangte er zu Mahbub Ali.

– Ich hab schon gedacht, du bist nicht mehr am Leben, – sagte der Afghane, als der Dicke näher kam.

– Nicht mich, ihn hat man ermordet! – dabei streute der Dicke sich Kardamomkugeln in den Mund.

– Wer wurde ermordet?

– Der Grieche, – Hurree Chunder Mookherjee, der auch bekannt war als Hurree Babu und in manchen Akten schlicht als R 17 geführt wurde, verstaute seinen Beutel.

– Was ist passiert?

– Der Grieche hat mich überfallen, beim Kaffeehaus, und sein Dolch hat mich nur knapp verfehlt, aber immerhin hat er mein Ohr getroffen.

– Und dann?

– Dank an die Hindugötter und an Henry Spencer! Sie haben dafür gesorgt, dass ich noch hier bin und er im Jenseits. Schade nur, dass ich dem Gespräch des Barons mit dem Griechen nicht bis zu Ende folgen konnte. Was sie wirklich planten, habe ich nicht herausbekommen, – der Dicke wischte sich den Schweiß von der Stirn.

– Ich hätte das Schwein damals umbringen sollen, als er wegen einer Begutachtung der Pferde in der Karawanserei herum schlich, – sagte der Afghane mit der Hand am Gürtel.

– Hier, jetzt habe ich nur ein verstümmeltes Ohr, – jammerte der Inder, – aber eines Tages werden sie mir den Kopf abhacken, wie damals beinahe … auf dem Weg von Lhasa …, – Hurree Babu rieb sich sein Ohr.

– Das ist aber keine gute Nachricht, Burnes wird das nicht gefallen.

– Doch, ich hab da was gehört, – lächelte der Inder mit dem roten Punkt auf der Stirn.

– Dann lass hören, was du zu berichten hast, aber fang

nicht an, wie ein Affe auf dem Baum Grimassen zu schneiden, – der Afghane wurde langsam hitzig.

– „Scheherazade", so heißt die Operation.

– Scheherazade?

– Ja.

– Nun sag endlich, was zum Teufel das bedeuten soll.

– Das ist eine Geschichte aus „Tausendundeiner Nacht".

– Ja. Und weiter?

– Das ist eine alte Geschichte. Ein von den Frauen enttäuschter Schah heiratet jeden Tag eine neue Frau, am nächsten Morgen aber tötet er sie.

– Und dann?

– Diese Scheherazade ist eine seiner Frauen, und die erzählt dem Schah jede Nacht ein neues Märchen, um ihre Haut zu retten.

– Du bist doch hier nicht auf dem Jahrmarkt ... Nun erzähl endlich, was dahinter steckt!

– Der Baron sagte, dass alles habe sehr viel Geld gekostet, und außerdem haben sie für all die notwendigen Arbeiten eine Menge Zeit gebraucht, und auf den Schah wartet nun ein Geschenk ..., mehr konnte ich denen nicht ablauschen.

– Was haben die Schweine vor? – Mahbub Ali fuhr mit der Hand über seinen Bart.

– Wer soll das wissen? Und ausgerechnet dieser von der Goltz ist auch beteiligt, – der Dicke wischte sich seinen Schweiß ab.

– Und du bist dir sicher, dass er es war?

– Sehr sicher, wie soll ich das vergessen?! Damals im Zug ... hätte ich mich nicht als Sadhu verkleidet, wo wäre ich jetzt wohl?

– In der Hölle.

– Ich muss mich wirklich über dich wundern, – Hurree

Babu war Agnostiker, – könnte ich wenigstens Betel zum Kauen kriegen?

– Ab jetzt müssen wir wahrlich vorsichtig sein. Dieser von der Goltz ist kein Knirps und unwichtig schon gar nicht; sie werden das nicht so einfach schlucken.

– Auch wenn sie mich gesehen hätten, na und? Wie wollen sie mich erkennen? Den Kandisverkäufer suchen? Sollen sie doch. Die Lektionen in Sachen Verwandlung, die mir die blinde Hunifa beigebracht hat, hab' ich noch nicht vergessen.

– Nein, wir müssen trotzdem aufpassen, wir können nicht mehr einfach so auf der Straße herumlaufen, und wenn du zu mir kommst, gib meinem Pferdezüchter das hier.

Der Afghane nahm einen Brocken chinesischer Tusche aus der Tasche, drückte seinen Daumen darauf und presste den Daumen auf ein winziges Stück Papier. Als er den Finger löste, zeigte der Abdruck auch eine verheilte Narbe. Diese alte Wunde zog sich über seinen ganzen Finger und war deutlich zu erkennen.

– Ich muss jetzt gehen. Übrigens gehorcht der Elefant niemandem außer mir, – Hurree Babu nahm das Papierstück.

– Er braucht einen Stock und eine Mohrrübe, wie Burnes sagt.

– Er mag Birnenschnaps.

– Scheherazade, – noch einmal wiederholte es der Afghane, – was zum Teufel soll das sein? Dieser Schah aber hat es richtig gemacht, denn weder Stock noch Mohrrübe helfen bei den Frauen.

Von der Goltz schritt den Golowinski Prospekt entlang. In dieser asiatischen Stadt konnte man doch einige europäische Einflüsse entdecken, und er ließ es sich nicht nehmen, die zu genießen. Wenn du schon die Möglichkeit hast, europäische Luft zu atmen, darfst du dir das nicht entgehen lassen, und da er Zeit hatte, aß er auch noch europäisch. Danach machte er sich auf den Weg zu dem verabredeten Treffen.

Dieser Golowinski Prospekt entsprach wirklich seinem Geschmack, er war zwar nicht breit und nicht lang, hatte aber eine großstadtähnliche Architektur samt Erker und Dachbodenfenster. Das war nicht die Architektur von Schinkel und Langhans, aber das Bestreben ging auf jeden Fall in diese Richtung. Die Passanten versuchten, sich europäisch zu kleiden, und unterwegs, vor dem Gymnasium, konnte man Aqua Selzer trinken. Von der Goltz genoss jeden Schluck. Wer weiß, wann sich die nächste Gelegenheit bieten würde.

Er schritt weiter voran, und so allmählich näherte er sich dem asiatisch geprägten Teil. Dessen Eingang bewachten Greifen aus Gusseisen. Jetzt änderte sich das Bild zusehends, und es gab mehr anders aussehende Bauten. Jetzt wechselten asiatische mit den nach europäischem Geschmack errichteten Häusern. Ein Perser mit geschorenem Kopf arbeitete in einer Barbierstube. Massen von Menschen gingen in Teehäusern und Kneipen ein und aus, enge, krumme Gassen führten dorthin.

Das asiatische Viertel machte von der Goltz keine Schwierigkeiten, die Orientierung verlor er auch hier nicht, man merkte, er war es gewohnt durch solche Gegenden zu spazieren. Seit zehn Jahren lebte er nun in verschiedenen Städten

Asiens. Und darunter waren ganz und gar asiatische Städte. Ohne irgendwelche europäischen Merkmale.

Er schritt also zügig voran. Von der Goltz besaß etwas, das dem Chromosom eines Chamäleons glich, er wechselte mit dem Ort ohne große Anstrengung gleichzeitig auch seine Lebensweise. Er konnte auch ohne Kalbsfilet und das Glas Riesling dazu eine Weile auskommen.

Jetzt zog ihm ein völlig anderer Duft in die Nase, Chaschi˙ und Knoblauch, vermutete er. In der Enge der Gassen prallte er jetzt häufiger mit den Passanten zusammen und bekam deren Ellenbogen zu spüren. Er antwortete ungerührt auf gleiche Weise und bewegte sich weiter vorwärts.

Eine Zeit lang setzte er seinen Weg so fort, und mit der Hilfe irgendwelcher Zeichen hier und dort fand er sich gut zurecht, als gingen ihn Lärm und Durcheinander so gar nichts an. Schließlich blieb er vor einer Querstraße stehen.

Man hätte hier hundertmal vorbeilaufen können ohne zu merken, dass die Gasse hier begann, aber von der Goltz fand sie und bog ein.

Er betrat ein Kaffeehaus, sagte das vereinbarte Kennwort und wurde sofort zu einem kleinen Podest gebracht. Dort blieb er erst einmal allein.

Es verging nicht viel Zeit und ein Mann, der europäisch gekleidet war wie er selbst, trat ein und setzte sich neben ihn auf die Kissen. Er war dabei gar nicht so ungeschickt, nur seine enge Hose störte etwas.

– Freut mich, Sie zu sehen, – sagte er und legte die Hände auf die Knie.

– Ich höre Ihnen zu, Baron!

– Kaffee, bitte! – rief er einem Burschen zu und lächelte von der Goltz an, – hier gibt's den besten Kaffee in ganz Tiflis, und ich kenne alles hier, Oberstadt, Unterstadt, nirgends kochen sie den Kaffee so gut wie hier. Der Mann, der den

Kaffee macht, kommt aus Redut-Kalel, er kocht den Kaffee auf Sand, und beim Trinken spürt man Meeresrauschen. Es ist seltsam, wenn Kaffee an das Meer erinnert.

– Sie haben Heimweh Baron, was?

– Die Jahre tun das ihre und ganz ehrlich, ich vermisse das Königsberger Land und den Blick aufs Meer von den Hügeln dort in der Gegend. Und meine alten Jahre werde ich bestimmt dort verbringen, mit einem Band von Novalis.

Von der Goltz zündete sich eine Zigarette an und rauchte eine Weile.

Der Baron ließ den Blick umher schweifen und brachte dadurch auch von der Goltz dazu, sich umzuschauen.

– Früher gab es viele solche Orte in Tiflis, ein Kaffeehaus mit Schattentheater, so genanntes Karagöz-Theater. Das ist hier eins der letzten. Die Zivilisation ändert vieles. Das Schauspiel wurde ringsum im Raum geboten, auf weißem Leinentuch bewegten sich Schatten verschiedener Figuren und erzählten Geschichten. Vielleicht eine Geschichte von Karaman˙ und Gardankeshan˙. Im Übrigen war das Leinentuch meist nicht so strahlend weiß und sauber, auch die Figuren waren oft nicht richtig fein gearbeitet, so dass man aus einiger Entfernung alles nur schwer unterscheiden konnte.

Der Baron war kein junger Mann mehr, er hatte einen gepflegten, silbergrauen Schnurrbart und tiefe Falten.

– Die Heimat des Schattentheaters ist das Osmanische Reich, – erzählte er weiter. – Und wissen Sie, wie dieses Theater entstanden ist?

Von der Goltz hörte zu, aber nicht aus Interesse für die Geschichte des Schattentheaters.

– Ein Sultan hatte den Gaukler Karagöz zum Tode verurteilt, weil er die Bauleute der Moschee ablenkte. Seitdem erschien dem Sultan das Gespenst des Gauklers in der Nacht und raubte ihm den Schlaf.

– Das Gespenst? – Von der Goltz fragte aus Höflichkeit.

– Aber ja, der Sultan konnte sich nirgends vor ihm verstecken, und ein Sterndeuter empfahl ihm, die Figur des Gauklers aus Kamelhaut ausschneiden zu lassen. Danach hätte er seine Ruhe. So geschah es dann auch. Karagöz ließ den Sultan in Ruhe, und statt der nächtlichen Geister bekam der Sultan etwas ganz Bezauberndes, das Schattentheater.

– Hätte Gustav Weil die Geschichte gehört, hätte er daraus bestimmt etwas für seine Übertragung von *Tausendundeine Nacht* gemacht, – warf von der Goltz ein.

– Unsere Geschichte sieht doch nicht viel anders aus, auch wir haben einen Schah, der den Sterndeutern glaubt und hofft, dass seine Seele von Trübsinn befreit wird. Nur, dieser Versuch kostete uns sehr viel Geld. Die Zeiten sind vorbei, als man für einen Beutel Gold fast alles bekommen konnte. Für seine wenigen Worte haben wir dem Sterndeuter einen Palast am Rheinufer versprochen und außerdem zehntausend Reichstaler, die sofort zu zahlen sind, und noch einmal genauso viel, das später gezahlt werden muss. Dazu soll er noch einen Posten als Vorsteher einer Station bei der Bagdader Eisenbahn erhalten. Und diese Position kann er vererben, sodass sie für immer in der Familie bleibt. Also zahlen wir auch dafür ziemlich große Summen. Auch Scheherazade kostet uns ein Vermögen, und die Sache ist immer noch nicht erledigt. Aber das ist ein ganz anderes Thema. Erst bringen wir einmal die Geschichte mit dem Schah zu Ende.

Inzwischen kam der Kaffee, und der Baron sog den Duft tief ein.

– *Oh, die Ihr Monument' aus Blut und Steinen / erbaut wie der verstopfte Nadir Schah, / der, als er Hindostan gebracht zum Weinen, / daß sich der Mogul ohne Kaffee sah, / sein Leiden hinab zu spülen, starb voll Grauen …,* – der Baron nippte vergnügt am Kaffee, er hatte sich unvermittelt an Lord Byron erinnert, der mit seinem Klumpfuß auf den Inseln umherzog.

Von der Goltz nahm noch eine Zigarette.

– Eure Aufgabe ist es, Scheherazade vor den Engländern zu schützen. Ihr Büro steckt überall die Nase rein, und sie haben schon etwas geschnuppert. Die Operation hat genau den gleichen Namen, „Scheherazade". Ihr Kaffee wird kalt. Wenn es den hier nicht gäbe, würde ich mich hier nicht aufhalten. Warum ist es plötzlich so laut? – bemerkte der Baron und blickte dabei in alle Richtungen.

Von draußen hörte man Rufe, und einige rannten sofort hinaus. Das Geschrei wurde lauter.

– Getötet ... getötet!

Immer mehr Gäste erhoben sich von den Kissen und liefen hinaus, um nach der Ursache des Tumults zu sehen. Auch der Baron konnte sich dem nicht ganz entziehen, dann aber wandte er sich wieder seinem Tischgenossen zu.

– Die Unterstadt hat ein Manko, hier flanieren wirklich unzählige Rowdys herum, man weiß nie, wer wo und wann deinen Geldbeutel gerade im Blick hat. Nein, für solche Sachen bin ich mittlerweile zu alt. Ich denke, es ist wirklich höchste Zeit für Königsberg.

Von der Goltz hörte weiter zu.

– Sie haben bestimmt keine Vorstellung davon, wie viele Menschen um den Schah herum tänzeln. Andrioni zum Beispiel, ein Italiener, der stopft für den Schah Leopardenbälge aus, er begleitet ihn ständig auf der Jagd und flüstert ihm seine Ideen ein; dann ist da Martiros-Chan, der ihm Russisch beibringt und ihm allerlei für die Russen Nützliches übermittelt; dann hat er Übersetzer europäischer Zeitungen, und die bekommen fünftausend Franc vom französischen Konsul, damit sie dem Schah die Nachrichten aus dem *Petit Parisien* beibiegen, die Frankreich nützlich erscheinen. Und denken Sie bloß nicht, diese Besserwisser von Österreichern fehlten da. Auch deren Botschafter bemüht sich um das Vertrauen des Schahs, und das durchaus geschickt. Der Schah erhält von den Habsburgern Gold zum Geschenk, das die bei irgendwelchen Plünderungen erbeutet haben. Kein Wunder, wenn er den Österreichern nun so zugetan ist, dass die persische Armee österreichische Uniformen bekommt und sich im Kriegsfall für die Waffen an österreichische Gebrauchsanleitungen zu halten hat.

– Österreichische Uniformen? Köstlich! – von der Goltz strich die Asche ab.

– Der Schah hat auch Befehl gegeben, dass seine Armee auf österreichische Art und Weise die Handschuhe trägt. Und was geschah dann? Als die Armee sich in Reih und Glied aufstellte, steckte jeder einen Handschuh in den Gürtel, als ob es ein Seidentuch wäre, um Schweiß abzuwischen. Es gab für jeden nur einen, sie hatten einfach nicht genug.

Noch einmal schnippte von der Goltz die Asche weg.

– Eigentlich spielen die Engländer eine durchaus entscheidende Rolle. Der Großwesir hat großen Einfluss auf den Schah, und jede Erlaubnis für eine Konzession geht durch seine Hände. Ihn bestellt der Schah sogar in seinen Harem zum Gespräch. Wulf bekommt sein Gehalt wirklich nicht umsonst.

Von der Goltz nahm wieder eine Zigarette.

– Der Schah liebt es sehr, am Abend die Berichte von den Geschehnissen des Tages und spannende Geschichten zu hören. Hier setzt unsere Operation „Scheherazade" an, eine Geschichte aus Tausendundeiner Nacht, wie sie Gustav Weil nicht besser hätte erträumen können. Der Schah schwärmt im Übrigen nicht nur für die Dichtkunst, er ist auch ein großer Anhänger der Astrologie. Er vertraut in jeder Hinsicht darauf, und ohne ein günstiges Sternbild ist er nicht mal bereit, einen Spaziergang anzutreten. Mit bereits erwähntem Aufwand ist es uns gelungen, den Sterndeuter des Schahs zu der Prophezeiung zu bewegen, der Herrscher würde sein Glück in Tiflis finden. Hier in Tiflis wird er seine Scheherazade treffen, die seinen Körper und seine Seele beglücken und all seine Wehmut vertreiben wird. Nach unserem Plan wird Naser ad-Din Schah während seiner Visite in Tiflis die Agentin Scheherazade kennenlernen, und sie wird ohne jeden Zweifel in seinem Harem landen. Da kann sie dann jede Nacht den müden Schah aufmuntern und ihm Geschichten erzählen. Und ihm auch Gedanken nahe bringen, die nützlich sind für uns. Sehr nützlich. Und die Briten können ihren Kummer im Kaffee ertränken, – noch einmal nippte er an seiner Tasse.

– Und wer ist diese Scheherazade?

– Ihre Ausbildung hat viel Zeit und harte Arbeit in Anspruch genommen. Sie wird aber bald hier sein. Die Kosten waren nicht unerheblich. Dafür haben sie *Royal Mary* verlangt, ein Reitpferd hier aus der Stadt, und diese Sache muss auch noch erledigt werden. Unser Agent Hamid Bei wird Scheherazade her bringen, sie ist dann unsere Quelle beim Schah. Wir werden uns aber um ihre Sicherheit kümmern müssen. Dabei ist Ihre Erfahrung für uns sehr, sehr nützlich. Deshalb haben wir Sie aus Kabul angefordert. Unser Büro in Tiflis steht völlig zu Ihrer Verfügung, vor allem Chrisantidis und Omar sind erfahrene Agenten und werden ganz nach Ihren Befehlen vorgehen. Schauen Sie bitte durch diese Liste, – der Baron überreichte ihm ein in vier Teile gefaltetes Blatt Papier –, wenn Sie davon jemanden brauchen, können Sie jederzeit auf die Person zurückgreifen. Chrisantidis sollte eigentlich schon hier sein, ich denke, wenn wir unseren Kaffee ausgetrunken haben, wird er zugegen sein.

Omar Schasch kam durch die holperigen Straßen im alten Damoshni-Viertel'. Er überquerte erst die Mnazakanow-Brücke', teilte sich für kurze Zeit den Weg mit einer Schafherde und ließ das Bebutow-Bad hinter sich, wo man am Flussufer tote Pferde häutete und die Reste direkt ins Wasser warf. Ein fürchterlicher Gestank lag in der Luft, Omar Schasch bedeckte seine Nase mit der Hand.

Die Nase war aus früheren Zeiten an mehreren Stellen gebrochen. Passiert war das im Hafen von Istanbul. Ein Streit um Wettgeschäfte …

Er war ein kräftiger Mann, mit pechschwarzen Augen und zerschundenem Gesicht, auf die Straße ging er nur mit einem Fes' auf dem Kopf.

Omar Schasch bewohnte ein Zimmer in Tschughureti, das eher ein feuchtes Loch war. An die Wand dort hatte er ein Bild gehängt, das er von einem Trödler gekauft hatte. Es zeigte einen Khan aus Karabach mit einem Leoparden für die Gazellenjagd. Der Leopard war ans Sofa angekettet.

Seine Ausbildung hatte Omar Schasch in einer Medrese genossen. Dort wurde er aber hinausgeworfen und war seither in tausend zwielichtigen Geschäften unterwegs. Zusammen mit Kurden klaute er im Orient–Express, er betrieb sein Räuberhandwerk auf den Landstraßen von Anatolien, und auch von den Schmugglern auf dem Bosporus nahm er Geld mit Gewalt. Jetzt aber hatte er seine Finger in ganz anderen Geschichten, und er bekam seinen Lohn in Reichstalern.

Bevor er den Treffpunkt erreichte, hielt es Omar Schasch noch auf dem Melonen-Platz, wo sich eine Menschenmenge versammelt hatte. Die Zuschauer bildeten einen Kreis, und in der Mitte ließen sie zwei Schafböcke aufeinander los. Eine Zeit lang schaute Omar dem Kampf begeistert zu, ein paar Neugierige, die vor ihm standen, hatte er barsch beiseite geschoben. Er suchte schon in der Tasche nach einer Silbermünze, die er auf den schwarzen Schafbock setzen wollte, aber dessen Besitzer schlug dem anderen Bock plötzlich mit einer Kette mitten ins Gesicht. Die Gemeinheit war allzu deutlich und wurde von allen bemerkt, es kam zum Tumult, und im aufgewirbelten Staub konnte man gar nichts mehr sehen.

Ein Lächeln umspielte Omars Lippen. Eine Zeit lang schaute er dem Streit der Schafsbesitzer zu, ohne sich zu rühren. Aber dann steckte er seine Silbermünze wieder in die Tasche, verließ den Platz und setzte seinen Weg fort. Er lief durch den Schaitan-Basar und kam am Tatar-Platz heraus, wo ein unglaubliches Durcheinander ihn empfing, lautes Gezänk, Lärm aus tausend Quellen und noch mehr Stimmen. Niemand konnte all dem folgen, und es lag auf der Hand, dass die Briten hundert Augen und Ohren brauchten, um hier an Informationen zu gelangen. Eine Weile ging er nachdenklich auf und ab. Obst und Gemüse aller Art wurde zum Verkauf feilgeboten, jemand schäumte eine Suppe mit Schaffleisch ab, auf seiner Seite boten die Händler Korn an, auf der gegenüberliegenden standen die Stoffhändler. Nicht selten liefen sie den umworbenen Kunden ein Stück hinterher und redeten auf sie ein, um sie zum Kauf zu bewegen. Und mitten drin spazierte Omar Schasch, als ihm plötzlich jemand ins Ohr flüsterte:

– Bist du von der indischen Malaria geheilt?

Omar erkannte von der Goltz sofort, obwohl der seine Kleidung gewechselt hatte und wie ein deutscher Aussiedler aussah. Er hätte einer von den vielen Kutschern sein können. In der Hand hielt er eine Peitsche, und die schmutzige Hose passte auch. Omar ging weiter und sagte nach einigen Schritten:

– Der Inder ist tot. Er ist zu seinen Göttern gegangen, wenn er welche hat, und wenn nicht, dann ist er selber schuld.

– Die Toten beißen nicht, – erwiderte von der Goltz.

Der sucht wirklich immer nach dem passenden Wort … Dabei ist er nicht am Hafen bei den Docks groß geworden, – dachte Omar mit einer gewissen Bewunderung.

– Er war im Elefantenstall, als ich kam. Und im gleichen Augenblick traf ihn mein Dolch. Ich habe ihn dort tot liegen gelassen. Sie hatten Recht, er hat Chrisantidis ermordet. Ich habe seine Taschen untersucht und ein Amulett unseres Mannes gefunden. Hier, ich hab's mitgenommen, – in der Hand hielt er einen goldenen Käfer, – und auch dieses Blatt Papier.

Von der Goltz blickte auf das Papier und sah in der getrockneten Tinte einen Fingerabdruck, mit einer langen Narbe. Den Abdruck kannte jeder Pferdehändler von Bakch bis Peshavara.

– Mahbub Ali, ist der etwa auch hier? – sagte er bei sich. – Alles läuft gut, aber jetzt noch etwas. Der Baron erzählte mir von unserem Büro in Tiflis, er hat mir die Liste seiner Leute gezeigt, und mir fiel der Name „Colombina" auf. Du musst sie ins Spiel bringen.

– Colombina?

– Ja, Scheherazades Geschichte haben die Briten schon mitbekommen.

– Also, was haben die Briten gehört?

– Wenn sie etwas mitbekommen haben, dann war die Information eher dürftig und jedenfalls nicht vollständig. Wir haben ein chiffriertes Telegramm von ihnen in die Hände bekommen. Sie wissen etwas über Scheherazade, aber nicht viel. Sie wissen weder, was das bedeuten soll, noch, was wir geplant haben. Sie wissen nur, dass es für den Schah gefährlich werden könnte. Und weil wir genau wissen, was sie wissen, müssen wir das nutzen und sie nun völlig durcheinander bringen.

– Und was wird aus Colombina?

– Ein Bauernopfer, um die Königin zu retten.

Omar nickte.

– Alles andere läuft nach Plan. Und sei vorsichtig, der Mann mit diesem Fingerabdruck wird uns keine Ruhe lassen.

Seit vierzig Jahren herrschte Naser ad-Din Schah in Persien. Er war Liebhaber von Musik und Poesie und von Militäruniformen im österreichischen Stil.

Von seinem Vater hatte er die Liebe zu den Sufis geerbt. Mit den Jahren aber entwickelte er eine Begeisterung für die europäische Kultur.

Zweimal war er bereits nach Europa gereist. Als er nach Teheran zurückkehrte, ordnete er an, den Palast mit elektrischem Licht auszustatten.

In Persien sollte nicht nur elektrisches Licht leuchten, er wollte auch andere Glanzlichter einführen, die er in Europa schätzen gelernt hatte. Das waren seine Gedanken, und so hatte er es beschlossen.

Eine Folge des europäischen Einflusses war auch, dass der Schah jetzt seine Truppen nicht mehr selbst im Feld anführte. Sogar den Bart hatte er sich abrasiert und nur einen Schnurrbart behalten.

Der Titel aber sollte bleiben, wie er war. *Seine Majestät, erhaben wie der Wandelstern Saturn; der Herrscher, der der Sonne den Weg leuchtet, dessen Glanz und Ruhm der Sonne gleicht und dem Leuchten der Sterne am Himmelszelt, der starke Imperator, dessen Soldaten zahlreich sind wie die zahllosen Sterne, der mächtige, reiche, absolute Monarch von ganz Persien.*

Persien war inzwischen nur noch ein Schatten seiner selbst. Vorbei die Zeit, als das Land andere Länder erzittern ließ, und die Menschen beim Bart des Schah Abbas schworen. Persien war zur Zielscheibe von England und Russland geworden, und damit sind nur die beiden wichtigsten genannt.

Die beiden Imperien kämpften um die Vorherrschaft in Asien. Russland hatte schon in Turkestan Fuß gefasst, England beherrschte Indien. Das führte auch zu einem Wettlauf zwischen den beiden Großmächten in Persien. Sie lauerten nur so darauf, Eisenbahnlinien anzulegen und neue Rohstoffe zu erschließen und auszubeuten.

Was flüsterten ihre Gesandten dem Schah und seinen Wesiren nicht alles ein. Und keiner von ihnen sparte an Gastgeschenken.

Unter Schah Abbas dem Großen weilten zahlreiche Europäer am königlichen Hofe, besonders Briten, die dort ihren Einfluss mehrten und mehrten. Besonders Botschafter Wulf verstand es, am Hofe des Schahs Vorteile für sein Land herauszuholen, und er gewann das Wohlwollen des Großwesirs Emin Sultan. Auch auf einem Foto von William Cole waren dieser Wulf, Emin Sultan und der persische Botschafter in London, Melkum Khan, zu erkennen. Sie standen dicht beieinander, und fast schien es, sie umarmten sich.

Ein Ergebnis dieser Freundschaft waren die Konzessionen für Eisen, Kupfer, Blei, Quecksilber, Kohle, Erdöl, Borax und Asbest, die dem englischen Baron Reuter zugeteilt wurden. Und derselbe Baron Reuter gründete dann eine Staatsbank mit dem Namen „Schahinschah" – Einlagen: vier Millionen Pfund. Die Engländer besaßen bald auch die Konzessionen für die geplanten Eisenbahnlinien zwischen Teheran und Enzel sowie zwischen Teheran und Karun.

Selbst die Akzise für Tabak war in Händen der Briten, ohne ihre Zustimmung konnte man folglich im Reich an keiner Pfeife mehr ziehen.

Im Norden Persiens hingegen arbeiteten russische Ingenieure und Geologen, vermaßen das Land dort und stellten topographische Karten her.

Das persische Aserbaidschan und auch Mazandaran

standen völlig unter russischem Einfluss. Außerdem beherrschten und kontrollierten die Russen den Fischfang im Kaspischen Meer, sie versuchten, von Rescht bis zur persischen Südküste Eisenbahnschienen zu verlegen, Zucker auf dem persischen Markt war meist russischer Zucker. Russische Manufakturen verbreiteten sich überall, und immer häufiger hörte man auch in Chorasan die russische Sprache.

Der Schah nahm das alles duldsam und ohne Widerstand hin. Er dachte, wenn diese beiden großen Mächte ihren Appetit stillen könnten, dann könnte umgekehrt Persien in Frieden leben. Durchaus sah er aber die Gefahr, dass England und Russland sein Land vollständig beherrschen oder sogar in ihren Besitz bringen könnten. Deswegen öffnete er Persien für andere europäische Staaten und gestand auch ihnen einen gewissen Einfluss zu. Er wollte die Macht der Ausländer einigermaßen im Gleichgewicht halten, den Reichtum aufteilen, mit allen Handel treiben und dadurch die Kriegsgefahr bannen.

Am Hof förderte er Wesire mit europäischer Bildung, die eine Verwaltung nach europäischem Muster bevorzugten.

Ausländer waren am Hof des Schahs auch direkt beschäftigt. Einführung und Schulung der Polizei vertraute er dem italienischen Grafen de Monteforte an, das Nachrichtenwesen dem österreichischen General Schindler, die Schulung der Infanterie lag in den Händen des italienischen Generals Andrionis, die Flotte kommandierte der Holländer Kene. Allerdings bestand die persische Flotte aus nur zwei Schiffen, der *Schah Naser ad-Din* im Kaspischen Meer und der *Persepolis* im Persischen Golf.

Jetzt also wollte der Schah wieder nach Europa reisen. Er hatte vor, Russland, Deutschland, Frankreich und abschließend England zu besuchen. Auf dieser Europa-Tour war

Britannien das wichtigste Ziel, und im Buckingham Palast hatte man seine Gemächer schon bereitet.

Albion war ganz in Erwartung des Schahs. Und in die Zeit seines Besuchs fiel auch noch die Hochzeit der Tochter des Prinzen von Wales mit Lord Fake. Persien galt den Briten als fette Beute, und deshalb nahmen sie die Vorbereitung des Besuchs besonders wichtig. Seit im Osmanischen Reich der deutsche Einfluss immer stärker wurde, war zudem ständig mit einer Ausweitung der deutschen Interessen auch nach Persien zu rechnen.

Das frisch entstandene Deutsche Reich bekam in der Tat Appetit, und es wollte sich seinen Platz in Persien und sein Stück vom persischen Kuchen sichern.

Eigentlich war es für die Deutschen bereits ziemlich spät, um noch ein Plätzchen unter der persischen Sonne zu ergattern. Besonders verdrießlich war es für die Deutschen, dass die wichtigtuerischen Österreicher vor ihnen in Persien einen Fuß in die Tür bekommen hatten, und man durfte annehmen, dass sie nicht gekommen waren, um orientalische Märchen zu sammeln, wie weiland Freiherr von Hammer-Purgstall, aber der war ja auch ein hoch gebildeter Orientalist.

Die Zahl deutscher Sicherheitsoffiziere im Osten stieg jedenfalls. Sie liefen unauffällig umher wie andere Menschen auch, gekleidet als Reisende und Jäger, und versteckten geheime Papiere in Truhen mit doppeltem Boden und in den Tiefen ihrer Stiefel.

– Guter Herr, brauchst du eine Abkühlung?

Der Mann auf der steinernen Ruhebank hob den Kopf, nickte dem persischen Bader zu und bekam einen Guss eiskalten Wassers ab. Eine Zeit lang blieb er still liegen, dann verließ er die Bank. Der Badreiber reichte ihm ein trockenes Leinentuch und dazu eine Pfeife. Er rauchte eine Weile und schob danach ein paar Lachatlokum in den Mund. Er zog sich an, kramte in seinen Taschen, nahm ein paar Silbermünzen heraus und warf sie dem Bader hin. Langsam schritt er ins Freie, und sein Blick fiel auf einen nicht sehr großen Turm, der im Stil von Samarkand erbaut war. Für den europäischen Blick: eine Moschee – dabei gehörte der Turm ebenfalls zu einem Bad.

Er besuchte das Bad jeden Tag, er liebte es, nicht einen Tag fehlte er. Und wenn die Zeit kommen sollte, nach London zurückzukehren, würde er unbedingt dafür sorgen, dass dort ans Ufer der Themse haargenau solch ein Bad kam.

Er streckte sich, und seine Knochen gestatteten ihm das nun wieder, weil er all das Knorpelknirschen auf der steinernen Ruhebank zurückgelassen hatte. Jetzt konnte er sich dehnen, ohne dass die Knochen knackten.

Durch die enge, gepflasterte Straße gelangte er zur Hutmacher Reihe, von dort ging er weiter zum Tatar-Platz und dann Richtung Sionistraße. Hier mischte sich der Krach aus den Kneipen in den Straßenlärm, sein Ziel aber war das Geschäft von Kafarow, und er kaufte in großem Stil ein. Teppiche, Nackenrollen, Sitzkissen und was nicht sonst noch, und all das bekam der Laufbursche des Ladens aufgebürdet. Er ging zu Fuß am zentralen Basar entlang die Straße hinauf und der Bursche hinter ihm her.

Immer wieder blieb er stehen und ließ sich Süßigkeiten aller Art in geschickt gewickelte Papiertüten schütten. Das lud er einem weiteren Laufburschen auf, und genüsslich rauchend kam er am Jahrmarkt heraus. Er zwängte sich durch eine laute Gasse, ließ eine Brücke hinter sich, lief die Barjatinskistraße entlang und betrat schließlich ein Hotel am Golowinski Prospekt. Den Einkauf ließ er sofort in sein Zimmer bringen. Dort rollte er den neuen Teppich aus, strich ihn mit der Hand glatt, betrachtete eingehend das Webmuster und legte sich dann darauf. Unter den Kopf packte er seine neue Nackenrolle und nahm von einem Kissen ein abgegriffenes Buch zur Hand.

Der lange Aufenthalt in Asien hatte die feinen Sitten und Eigenarten des Engländers Burnes verändert, seinen Hang zum Alleinsein aber nicht. Auch sein Aussehen änderte er immer häufiger. Es gab Zeiten, in denen er sich als Moslem kleidete, wie Edward Lane, als der Mekka und Medina bereist hatte. Neben Farsi und ein paar arabischen Sprachen beherrschte er Paschtu und Panjabi und dazu noch einige andere Dialekte mit besonders akzentuierter Aussprache. Er führte eine scharfe Zunge, ja zweifellos spielte der wenn auch nicht sehr große Buckel auf seinem Rücken dabei keine unwichtige Rolle. Daran wetze er seine Zunge, sagten seine Feinde. Burnes war ein Habitué im Nahen Osten, die Straßen von Buchara kannte er wie seine Westentasche, nicht minder vertraut waren ihm Chiwa, Kabul, Lahore. In diesen Städten ruhte sich einer wie er aus. Nach einem gefahrvollen Einsatz heilte er hier seine Wunden. Er legte sich auf eine schlichte, geflochtene Unterlage, schlummerte oder las die Werke von Keats und al-Ghazālī. Dabei kam er zu Kräften. Burnes war Offizier des britischen Geheimdienstes, und er verfügte wirklich über besondere Fähigkeiten für besondere Aufgaben.

Er war zum ersten Mal in der Stadt, aber er hatte durchaus eine gute Orientierung auch hier in den Straßen und Vierteln, und er nutzte sie.

Er las auf seinen Kissen einige Seiten, legte das Buch zur Seite, schloss die Augen und öffnete sie nach zwanzig Minuten wieder, er schaute auf die Uhr, stand von seinem turkmenisch anmutenden Lager auf, zog sich um und verließ das Zimmer. Eilig nahm er die Treppe hinunter und ging auf die Straße hinaus.

Den Phaëton, der dort stand, ließ er stehen und lief eine kurze Strecke zu Fuß, dann sprang er in eine vorbeifahrende Kutsche und sagte mit einer gewissen Erleichterung: „Alexanderdorf".

So stand es in dem Papier, auf das jemand auch seinen Daumenabdruck mit einer langen Narbe gesetzt hatte.

Setze mehr Vertrauen in Brahman als in eine Schlange, in eine Schlange mehr als in eine Hure und in eine Hure mehr als in einen Afghanen – ihm fiel plötzlich eine alte Redewendung ein. Er wusste aber, dass Mahbub Ali ein großer Liebhaber goldener Sovereigns war, und deshalb vertraute er ihm.

Burnes sprang am Ortseingang von Alexanderdorf ab, ging noch ein wenig zu Fuß weiter und blieb dann in der Nähe eines Wirtshauses stehen, wo er sich eine Weile aufhielt.

Womit kann man sich beschäftigen, wenn man wartet? *„Hätt' ich irgendwelch Bedenken, Balsch, Buchara, Samarkand, süßes Liebchen, dir zu schenken, dieser Städte Rausch und Tand?"*, solche Zeilen gingen ihm jetzt durch den Kopf. Er kramte in seinen Taschen und wollte gerade sein Zigarettenetui herauszunehmen, als jemand aus der Schenke trat und die Straße hinaufflief. Mit Burnes' Ruhe war es auf der Stelle vorbei. Er folgte dem Mann. Eine Zeitlang liefen sie so, einer hinter dem anderen, und plötzlich blieb der Mann vor ihm stehen, drehte sich um und starrte ihm in die Augen.

Ein vornehmer Herr aus Preußen schaute Burnes an, sein Name: von der Goltz. Auch den hatte das Schicksal zum Geheimdienst gebracht und nach Asien verschlagen. Und von der Goltz verstand unmittelbar, dass er es hier mit seinesgleichen zu tun hatte, mit einem ebenbürtigen Gegenüber.

Der Brite nahm ein Zigarettenetui aus seiner Hosentasche, griff eine Zigarette, klopfte sie mehrere Male auf das Etui und steckte sie in den Mund.

– Ich hab viel von Ihnen gehört, von der Goltz! – sagte er mit der Zigarette zwischen den Zähnen. Er lächelte.

– Burnes, nicht? So heißen Sie doch. Unsere Wege haben sich mal in Basra gekreuzt, – sagte der Preuße ein wenig zögernd.

– In Basra?

– Vor drei Jahren. Damals sollten Sie mich ermorden, haben aber aus Versehen den Schuster Mustafa erwischt.

– Den Schuster Mustafa? Ach, warten Sie mal, dieser Einäugige machte Stiefel?

– Ich kenne Sie auch aus Kabul, damals hab ich aber nur Ihren Schatten gesehen, und dieser kurze Moment reichte für den Mord an von Hinckeldey.

– Ach was, ein Schatten … Ich bin kein Apostel, mein Schatten heilt nicht. Wann war denn das? Lohnt es, sich daran zu erinnern?

– Und was suchen Sie hier? Den Tod? – entfuhr es von der Goltz beiläufig.

– Na, Sie machen einem aber Laune, – grinste Burnes. – Für solchen Unsinn ist jetzt allerdings keine Zeit, uns alten Ethnografen geht die Arbeit doch nie aus. Die Berge dort hinter Ihnen … arabische Geographen haben sie „Jebel Al-Sun" genannt, wussten Sie das? „Berg der Sprachen", weil hinter diesen Bergen in jedem Tal die Bewohner eine andere Sprache sprechen, – Burnes plauderte locker vor sich hin und zeigte mit der Hand in Richtung der Berge.

Von der Goltz schaute ihn unverwandt an.

– Tscherkessien liegt auch dort, mit seinen Schönheiten und Hurien, – Burnes blickte den Preußen jetzt reglos an. Was sollte diese Bemerkung? Von der Goltz stand vor ihm und rührte nicht einen Muskel im Gesicht.

– Ich hab mir gedacht, vielleicht sind Sie hergekommen, um Ihren Buckel im Zirkus vorzuführen? – von der Goltz klang nun ziemlich giftig.

Burnes schwieg eine Weile.

– Im Zirkus haben Sie mich überrascht, – er rauchte weiter und zog den Rauch tief ein.

– So ist das, wenn man an der Wand lauscht. Jedenfalls ist es doch von Vorteil für euch, dass ihr diesem fetten Schwein keine Perlen mehr hinwerfen müsst. Sie nicht und Lurgan Sahib auch nicht. Übrigens, wie geht's dem „Arzt der Perlen"?

– Er lässt Sie grüßen.

– Letztes Mal hat er auch gegrüßt. Wenn ich an ihn denke, fällt mir ein, dass mir bei feuchtem Wetter immer die Schulter wehtut.

– Sie nehmen sich nicht in Acht.

– Das Geschenk von Creighton hab ich immer dabei. Was macht dieser alte Fuchs, ist er noch am Leben? Bevor die Sipas ihn nicht erwürgen, hört er auf keinen Fall auf.

– Er ist Oberst geworden.

– Ach ja, er war immer ein Arschkriecher. Und Mahbub Ali, der Wegelagerer, wie geht's dem?

– Soll ich ihm was ausrichten?

– In welcher Gesellschaft verkehre ich bloß! Bei Gott, meine arme Mutter würde sich zu Tode grämen, könnte sie das noch erleben, – dabei schlug der Preuße mit der Spitze seines Stiefels einen Stein weg.

– Da reden Sie daher wie ein Schullehrer … Dabei kann man in den Straßen von Kabul Kinder mit Ihrem Namen erschrecken. Und ich hab' auch nicht vergessen, dass Sie mich damals in der Teestube in Kandahar gleich mit vier Leichen überrascht haben. Leider war darunter auch Muhadis Iskander, der Erzähler. Durch den Mord haben Sie mir die angenehmen Abende mit ihm und seinen Erzählungen aus „Tausendundeiner Nacht" genommen.

– Ja, Erzähler leben gefährlich …

– Scheherazade auch, – schnitt Burnes ihm das Wort ab und fixierte den Deutschen.

– Ach so, darum geht's also? – stieß von der Goltz hervor.

– Bei jedem Sonnenaufgang musst du fürchten, dass man dich enthauptet.

– Falls man nichts mehr zu erzählen hat, – sagte der Preuße langsam.

– Sie haben auch nichts mehr zu erzählen.

– Meinen Sie? Vielleicht sollten Sie wissen, dass ich in der Tasche dieses Gehrockes einen Bulldog-Revolver habe, der ist geladen mit sechs Kugeln, und es wird mir nicht schwer fallen, den Abzug zu betätigen.

– Trotzdem denke ich, dass Sie es nicht schaffen werden.

– Mister Burnes, ich wette um einen Reichstaler aus Gold …

Aus Burnes' Ärmel schnellte da ein Dolch hervor, schoss durch die Luft und traf von der Goltz mitten ins Herz. Der schlug hin, die Hand in der Tasche seines Gehrocks, und er gab keinen Laut mehr von sich. Burnes schnippte seine Zigarette fort und verließ den Ort des Geschehens – auch er ohne einen Laut.

Tischkevitsch war im „Orient" zu Gast, er aß Wiener Schnitzel und nahm dazu ein Glas Rotwein zu sich. Den Mund wischte er sich mit einer Stoffserviette ab, die er auf den Knien hatte, nicht um den Hals gebunden, wie der Geschäftsmann aus der tiefen Provinz, der am Tisch gegenüber saß. Der hatte vor sich einen großen Topf mit Pelmeni stehen und löffelte sie mit großer Geschwindigkeit weg, nicht ohne sie jeweils mit einer gehörigen Portion Schmand zu garnieren. Dazu goss er Schnaps in sich hinein und war sehr angeheitert. Es schien fast, als wolle er das Glas verschlucken. Aber nun, Tischkevitsch war mit solchen Umgangsformen durchaus vertraut. Dabei konnte er richtig mit dem Besteck umgehen und wusste auch, dass man zum Schnitzel keine Soße verlangen darf. Ihm war zudem sehr daran gelegen, klitzekleine Häppchen in den Mund zu nehmen. Kurz gesagt, er brauchte keine Belehrung in europäischen Umgangsformen, obwohl er weder in Warschau noch in Krakau noch in irgendeiner anderen europäischen Stadt groß geworden war.

Er war der Sohn eines polnischen Offiziers, den es in den Kaukasus gezogen hatte, weil er bei den aufständischen Tschetschenen seine Freiheit suchte. So hatte der kleine Lech zuerst die Gebetsrufe des Muezzins vom Minarett gehört und nicht das Geläut der Krakauer Kirchen.

Laufen lernte er in Tschetschenien, im Aul Wedeno, sein Vater hatte dort das Kommando über Schamils Artillerie übernommen und bekämpfte die Russen mit Granaten. Seine Mutter, eine Tschetschenin, war von russischer Hand ermordet worden, während der Einnahme des Auls hatten sie ihr ein Bajonett durch den Leib gejagt.

Nach der Festnahme des „Dagestanischen Löwen" landete der kleine Lech unter Mühen und auf vielen Umwegen in Tiflis. Dort wuchs er auf und vergaß, was er im Koran gelernt hatte. Auch die Erinnerung an die Stunden in der Moschee verblasste. In Tiflis wurde seine europäische Seele geweckt, und als Erwachsener zog es ihn als Sänger an die Oper. Wenn man die Bretterbühne im Ingenieursgarten von Herrn Salzmann als Oper bezeichnen darf. Offiziell hieß sie sogar Staatstheater.

Immerhin hatte er dort schon die Titelpartie in „Iwan Sussanin" gesungen, obwohl er nur Abscheu für den Mann und dessen Heimat empfand.

Und diese Abscheu wurde mit der Zeit nicht geringer, obwohl er versuchte, seine Gefühle zu verbergen und seine Empfindungen in andere Bahnen zu lenken. Hätte er das alles allzu offen gezeigt, hätte er Schaden genommen ohne einen Nutzen davon zu haben. Weder hätte er Rache üben können, noch wäre er zu Wohlstand gelangt. Der Durst nach Rache stammte von der mütterlichen Seite, die Sparsamkeit und die Suche nach Gewinn aber gewiss von der polnischen.

Derweil half ihm seine Begabung, Kleidung und Aussehen nach Belieben zu ändern. Er entdeckte, dass er sich in jeden Passanten, in jede beliebige Figur verwandeln und auch dessen Stimme und Intonation nachahmen konnte. Selbst das Aussehen einer Frau konnte er leicht annehmen. Das war eigentlich seine beste Rolle. Er ging derart auf in dieser Kunst der Verwandlung, dass sie gar nicht mehr aus seinem Leben wegzudenken war. Seine Bühne waren die Straßen und die Parks und Gärten.

Eines Tages begriff er, dass es dieses Talent war, das er nutzen konnte, um Rache zu üben. Aber es konnte gleichermaßen als Einkommensquelle dienen. So wurde er deutscher Agent, sein Deckname: „Colombina".

– Jetzt bring mir Kaffee, Melange, – rief er dem Kellner zu, als er mit dem Essen fertig war. Der Kellner verbeugte sich und lief davon, um seinen Wunsch zu erfüllen, aber er wusste nicht, was zum Teufel „Melange" bedeutete. Kurze Zeit darauf kam er mit einem Kaffee nach Istanbuler Art zurück.

– Melange, du Eselskopf, – sagte Tischkevitsch, rührte aber doch in dem Kaffee herum.

Auch hatte er wenig Hoffnung, dass man solch eine Bestellung hier ausführen könnte, und ehrlicherweise wusste er auch nicht so ganz genau, wie dieser auf Wiener Art gekochte Kaffee Melange eigentlich aussah. Deswegen beließ er es bei dem, was ihm da serviert worden war, hob das Glas und nahm schlürfend einen Schluck.

Heute musste er nicht auftreten, es gab keine Aufführung, also konnte er in Ruhe hier sitzen bleiben. Danach wollte er die Gärten besuchen. Und in aller Ruhe überlegte er, welche Verkleidung er für den Abend wählen sollte.

Als Perser ... nein, war er schon mal. Vielleicht als deutscher Kolonist? Nein, so viel Bier zu trinken, ist denn doch langweilig. Ein schmucker Adliger aus Imerethi* vielleicht? Wäre schon toll, aber eine größere Nase mit Nasenrücken obendrauf wollte er sich heute nicht aufkleben, er hatte ein wenig Schnupfen, und diese aufgeklebten Nasen konnten einem das Atmen ziemlich erschweren. Etwas Leichteres, etwas Unterhaltsameres. Das wär's heute. Ein richtiger Emporkömmling, ein *Raznochinets*`, ja, das wär's, genau als solch ein Raznochinets würde er sich verkleiden. Was es dazu braucht? Einen Gehrock, klar, Schnurrbart, Aktenmappe, ein paar Papiere, Schreibfedern und ein Buch. Aber welches Buch? Ja, ein Band von Karamsin, richtig, „Die Geschichte des russischen Staates", genau das! Und eine Pfeife, doch, auch eine Pfeife, das Geschenk Aljapins, und so

verkleidet begibt er sich in den Muschtaid-Garten, ja, ausgerechnet in diesen Garten. In Gedanken plante und durch-
dachte er die kommenden Stunden, und das sah so aus, als
zwinkerte er ständig dem ihm gegenüber sitzenden Gast zu,
der aus der tiefen Provinz stammte.

Der Pelmeniesser war überaus verwundert und wandte
seine Blicke ab. Als er dann noch einmal zu Tischkevitsch
hinüber sah, begegnete ihm ein süß lächelndes Gesicht, das
ihn noch mehr verblüffte. Allerdings dachte Tischkevitsch
bei all diesem Zwinkern und Lächeln an völlig anderes, an
andere Geschichten und ganz andere Personen.

Derweil näherte sich ihm ein Kellner und brachte diesmal
einen Brief auf einem kleinen Tablett. Auf dem Briefumschlag
erkannte Tischkevitsch mit flüchtigem Blick zwei Buchstaben, und er erriet sofort, worum es ging. Er würde heute
im Muschtaid-Garten nicht als Raznochinets auftreten.

„Löwenherz ist in Dürnstein. Colombina soll in den Semeini-Garten kommen. Um drei Uhr".

So stand's in dem Brief.

Er war auch damit einverstanden. Er warf das Geld fürs
Essen gleich auf das Tablett, stand auf und verließ die Gast-
stube. Ohne dem Mann aus der tiefen Provinz noch einmal
zuzuzwinkern. Erst ging er durch den Golowinski Prospekt
bis zum Militärmuseum, dann die Barjatinski hinunter, und
durch die Hintertür trat er ins Theater.

Er zog sich in die Garderobe zurück und nahm allerlei
Bürstchen und Bürsten, Pulver und Schminke aus einem
flachen Kästchen heraus. Es dauerte nicht lange, und das
Make-up hatte sein Gesicht völlig verändert. Nun zwängte er
sich in ein Korsettkleid, nahm eine gehäkelte Handtasche,
setzte sich einen Hut auf den Kopf und trat aus der Hintertür
des Theaters heraus – als „Colombina".

Er lief durch den Alexanderpark, wo die Marschmusik

spielte, in Bogatirevs Pavillon tranken Leute Tee, dort stand eine Blumenverkäuferin, und Tischkevitsch kaufte ihr den ganzen Korb mit weißen Rosen ab und nahm ihn mit. Rosen sind eine perfekte Tarnung.

Lächelnd schlenderte er durch den Garten, verließ ihn schließlich über die Loris-Melikow-Straße und wechselte das Viertel. Und lächelte weiterhin junge Passanten an. An einer Stelle warf er sein Taschentuch zu Boden. Sofort nahm es jemand auf und reichte es ihm.

– Mademoiselle, hier Ihr Tuch.

– Oh, merci, – sagte Tischkevitsch kokett und bemerkte bei dem Mann ein anerkennendes Lächeln.

– Gestatten Sie mir bitte, Sie zu begleiten.

– Ach, so frech? Was unterstehen Sie sich, bin ich eine Grisette?! – und warf dem jungen Verehrer eine Rose zu, während er sich wegdrehte. Tänzelnd und gänzlich unbekümmert lief er weiter und näherte sich dem Semeini-Garten, wo bald „Mam'selle Nitouche" beginnen sollte. Eine französische Operette. Lasalle und Charles warteten auf ihren Auftritt. Das Orchester stimmte die Instrumente, die Aufführung stand kurz bevor.

Genau hier plante man, eine Büste für Puschkin zu errichten, das ging Tischkevitsch nun durch den Kopf, warum auch immer. Es war eine Idee des Chefs der Stadtpolizei, und es konnte auch sein, dass der Garten seinen Namen ändern würde.

Mit solcherart Gedanken befasste er sich noch, als er sich dem Garten näherte, und plötzlich flüsterte ihm jemand mit heiserer Stimme „Scheherazade" ins Ohr. Und stach ihm ein Messer mitten ins Herz. Tischkevitsch taumelte, aus der Hand fiel ihm der Korb, die Rosen breiteten sich auf dem Boden aus, und er schlug hin, mitten zwischen die Blumen, ein paar Rosen landeten auf seiner Brust. Schnellen Schrittes verließ der Mörder den Ort. Es war Mahbub Ali, der Pferdehändler.

Albre trat in die Pedale eines Fahrrads, das er aus verschiedenen Teilen selbst zusammen gebastelt hatte. Der Rahmen kam von „Peugeot frères", die Räder von „Rudge" aus England, die Reifen von „Dunlop", die Kette von „Humber", der Sitz von „Derby", die Beleuchtung war von „Swift", der Dynamo stammte von „Flitt", und auf dieser Konstruktion schoss er über den Golowinski Prospekt. Die Passanten warnte er mit einer Klingel, die von „Adler" hergestellt worden war. Seine Gedanken aber drehten sich um den letzten Mord, den an Tischkevitsch. Am Golowinski Prospekt sauste er an Geschäften, Schildern, Schaufenstern vorbei, und zwar, in dieser Reihenfolge, am Grammophongeschäft von Teiler Fried, dem Schaufenster mit den Nähmaschinen von „Singer", dem Blumenladen von Amalia Meier, dem Tabakladen von Kaiser, dem Laden des Waffenhändlers Hegel, der Zuckerbäckerei „Saksonia", dem Hutgeschäft von Tschilingarow. Und genau hier hatte er das Gefühl, der Vorderreifen verliere Luft. Der Lenker bewegte sich hin und her und war nur noch schwer zu kontrollieren. Beim Absteigen bemerkte er, dass sich eine Ventilschraube gelockert hatte. Einige Schaulustige kamen aus Kurktschischwilis Galanterieladen heraus, sie lockten schnell auch andere an, zeigten mit den Fingern auf Albre und schauten zu, wie er mit der Handpumpe den Vorderreifen mit Luft füllte, während Albre noch an die Wucht des Messerstichs und an die Größe der Wunde dachte. Der Mörder musste ein sehr starker Mensch sein, vielleicht ein Metzger, und ein sehr erfahrener dazu. Die Rippen hatte er nicht getroffen, der Stich ging direkt ins Herz und zerriss auch das Zwerchfell. Albre befestigte die

Ventilschraube, stieg wieder aufs Rad, trat erneut in die Pedale und fuhr nun am Uhrengeschäft von Meiselson vorbei, am Schaufenster von Rabinovitsch, in dem Gold und Brillanten glitzernden, am türkischen Kaffeehaus „Jemen", an Changanesows Apotheke und schließlich am Postamt. Weiter unten sah er die Basarreihen vom Vera-Abhang und die Läden dort mit ihren davor stehenden Tischen. Er fuhr nun Richtung Korghanowstraße, dort bremste er nach zwei Häusern heftig ab und läutete an einer Tür.

Ein Diener öffnete, nahm das Fahrrad, stellte es in den Flur und bat Albre herein. Der Gast kannte sich offenbar aus, und so betrat er ohne weitere Umstände einen Raum, in dem ein Mann saß, der Zigarre rauchte und in der Hand ein Cognacglas hielt. Das war Konsul de la Chaume.

De la Chaumes Zimmer war im ägyptischen Stil eingerichtet. Die Möbel und ein Teppich an der Wand stammten ohne Zweifel aus dem Land Misir˙. Die Armlehnen der Sessel bogen sich wie eine Sphinx en miniature, die Kerzen erinnerten an den Stab der Pharaonen. Das ägyptische Flair strahlte durchaus Gemütlichkeit aus. Offenbar lebte hier ein altmodischer Mensch, denn die Leidenschaft für Ägypten war doch schon genauso lange aus der Mode wie die Kleopatra an der Pariser Oper. Aber de la Chaume blieb seinem Geschmack treu. Wo auch immer er Ägyptisches fand, kaufte er, und vor allem aus den Basaren in Istanbul trug er mancherlei zusammen.

So wie Konsul Galan in Istanbul Münz-Kollektionen, eine Monographie über das Kaffeekochen und ein Manuskript von „Tausendundeine Nacht" gekauft hatte, so erwarb de la Chaume dort ein Skarabäusamulett und einen nicht besonders großen Sarkophag, in dem natürlich kein Pharao selbst, sondern wahrscheinlich nur ein Verwandter des Herrschers beigesetzt worden war.

Als Konsul besaß de la Chaume außerordentliche Geschicklichkeit, und egal, wer Regierungschef war, sei es ein Depresis oder Bulange, er verlor nie seinen Posten und sicherte so weiterhin sein täglich Brot. Auch als die beiden Premierminister wurden, veränderte sich sein gewohntes Verhalten nicht, und wer weiß, ob er nicht seine eigenen über die Interessen der Republik stellte. Seine eigenen Vorhaben hüllte er in die drei Farben der Republik und erklärte sie zum nationalen Interesse. Kurzum, hinter seiner Fassade steckte ein Mensch, der überall nur auf seinen eigenen Vorteil bedacht war. Natürlich hatte er auch seine jetzige Stelle gern übernommen. Er lebte hier bequem und bekam jährlich fünfzehntausend Franc von der Regierung. Und dank seiner Geschicklichkeit verfügte er bald über enge Verbindungen zu einigen Großhändlern und konnte dadurch seine Einkünfte noch steigern.

Abends, wenn er Zeit hatte, stellte er ein Schachbrett auf, und mit dem Cognac in der Hand sinnierte er über den Figuren. Den Cognac dafür bekam er aus Marseille mit dem Feuerschiff „Mingrelia" geliefert, und das kostete ihn eine ordentliche Summe. An diesem Abend war de la Chaume mit Albre zum Schach verabredet.

– Ich habe ein Buch des Chevalier de Queue gelesen, – sagte er, als sie am Tisch Platz nahmen, und bot auch seinem Gast einen Cognac an, – Sie werden sehen, es geht darin um einen Landsmann, der in kirgisische Gefangenschaft geraten ist. Sie haben ihm die Fußsohlen aufgeschlitzt und mit dem Schweifhaar von Pferden gestopft, damit er nicht fliehen konnte ..., – er streckte seine Hand nach den Schachfiguren aus.

Albres Gedanken kreisten immer noch um den Mord an Tischkevitsch, und gerade dachte er an die auf dessen Brust verstreuten Rosen.

– Der Gefangene war also gezwungen, dort zu bleiben und seinen Peinigern das Essen zu bereiten, – der Konsul versuchte, Albre ins Gespräch zu ziehen.

Albre schob schweigend einen Bauern vor.

– Mitten in der Steppe bereitete der Gefangene Gratin dauphinois, Foie gras und Frikassee zu, – der Konsul erzählte begeistert weiter, – und auch die Kirgisen staunten nicht schlecht aus ihren schmalen Augen, – und setzte zu einer Rochade an.

Die Rosen hatten Usatow an Jack the Ripper erinnert, als hätte der Ähnlichkeiten mit dem Bauchschlitzer von Tiflis. Das war kein Zufall. In der Tat, hinter diesen Morden steckt etwas Ungewöhnliches. Etwas äußerst Ungewöhnliches. Alles ähnelt einem Spiel, einem grauenerregenden Spiel. Albre kam ein deutscher Mörderklub in der amerikanischen Stadt Bridgeport in den Sinn. Dessen Mitglieder suchten gemeinsam aus, wer wen töten sollte. So etwas ähnlich Entsetzliches vermutete er hinter dieser Tifliser Mordserie.

– Endlich konnte unser Landsmann doch fliehen, und er erreichte Orenburg, wurde aber von dort prompt in den Kaukasus geschickt, weil er im Grunde genommen ja ein entflohener Gefangener war. So war das Gesetz …, – auch diesmal gelang es dem Konsul nicht, seinen Schachpartner ins Gespräch zu ziehen.

Denn Albre fiel gerade die Bande des Scharlach Dendy ein. Deren Mitglieder verkleideten sich als Harlekine und töteten dann schnellstmöglich die vorher als Opfer auserkorenen Menschen. Hier handelt es sich offenbar um einen ähnlichen Fall mit nicht minder dekadenten Zügen.

– Und unser Landsmann stellte dauernd Fragen nach seinem General. Ob nicht jemand etwas von General Bonaparte wisse.

Tischkevitschs Brust also war mit einem Strauß Rosen

bedeckt. Die anderen hatten Rosen entweder ans Revers oder ins Ohr gesteckt. Tischkevitsch stammte aus Polen, Grimmelshausen war Deutscher, Hurree Babu Inder, Chrisantidis aber Grieche.

– Nein wirklich, nun stellen Sie sich mal all die Jahre erst in der kirgisischen Gefangenschaft vor, dann das Leben im Kaukasus ... und vor allem hatte er keine Nachricht von Napoleon. Eine ganze Epoche ging an ihm vorbei. Er erfuhr nichts von seinem General Bonaparte, nichts von seinem Aufstieg zum Imperator, nichts von seiner endgültigen Niederlage und Verbannung. Das alles verblieb völlig außerhalb seiner Welt, als hätte er sein Leben auf dem Mond verbracht.

Und sind all diese Ermordeten mit *Royal Mary* in Verbindung zu bringen? In diesem Pferdestall lag doch eine weiße Rose.

– Nun, jetzt werde ich meinen Turm einsetzen, – de la Chaume kannte sich mit dem Fianchetto aus. Auch die Indische Verteidigung beherrschte er gut.

Für Chrisantidis eine weiße Rose, für den Inder eine rote, für den Deutschen auch eine rote, für den Polen eine weiße ... Weiß, rot, rot, weiß.

– Oh, Sie haben einen Doppelbauern, – aber Albre gab gar keine Antwort, er bewegte seine Figuren nur achtlos hin und her.

Der Konsul machte sich Albres mentale Abwesenheit zwar zunutze, konnte aber keinen wirklich entscheidenden Vorteil daraus ziehen.

Ein Grieche, ein Inder, ein Deutscher, ein Pole, ein Stallknecht, ein Reisender, ein Artist. Was haben sie miteinander zu tun, was ...

– Ich werde Sie mit dem Pferd angreifen, – setzte der Konsul nach und hob zugleich das Cognacglas.

Im Stall von *Royal Mary* lag eine Rose … Eine weiße Rose … Wenn *Royal Mary* zur Serie hinzu gehört, wie ist dann die Reihenfolge? Chrisantidis Rose ist weiß, die des Inders rot, bei *Royal Mary* war es dann wieder eine weiße Rose, danach folgt rot und dann wieder weiß. Weiß, rot, weiß, rot, weiß. Diese Reihenfolge wird bis zum Schluss eingehalten.

– Also werde ich den Turm tauschen, das ist viel besser … So muss es sein …, ach so, jetzt begreife ich, welchen Plan Sie hatten. Sie wollten mich mit dem Turm schlagen! Wussten Sie schon, dass in Indien der Turm wie ein Elefant aussieht? Unser Konsul in Aleppo hat mir versprochen, mir ein indisches Schachspiel zu senden, mit äußerst ungewöhnlichen Figuren, – plauderte de la Chaume weiter.

– Sieht wie ein Elefant aus … Albre richtete seinen Blick plötzlich starr auf de la Chaume. Unentwegt schaute er ihn an. Auch der Konsul hörte mit dem Spiel auf und versuchte zu erraten, was um alles in der Welt hinter Albres Blick steckte.

Der Turm hat die Form eines Elefanten …! Ein Pferd, dann ein Offizier …, Usatow war überzeugt, er schwor es förmlich, dass der Ermordete ein Offizier war. Der Stallknecht aber ist der Bauer. Bauer, Turm, Springer, Läufer, und Tischkewitsch war als Frau verkleidet, also war er die Dame in dem mörderischen Spiel.

– Gardé, – kehrte de la Chaume zum Spiel zurück, aber als Albre der Dame auswich, attackierte er sofort den König.

– Schach!

– Natürlich, so einfach ist das manchmal!

– Gefällt Ihnen mein Zug?

– Der ist großartig!

– Tatsächlich?

– Ein glänzender Zug!

De la Chaume wurde rot vor Vergnügen. Aber Albre stand sofort auf und verließ rasch den Raum. Der Konsul schaute ihm verwundert nach. Und fragte sich, was gerade geschehen war.

Der Polizeichef von Tiflis hatte heftiges Kopfweh, und nichts half ihm, weder Ottens oder Semmels Beistand, noch deren Empfehlungen. Auch das in Papier verpackte Pulver, das man ihm gesandt hatte, brachte keine Erleichterung. Er schluckte etwas davon und spülte mit Selterswasser nach. Trotzdem trat keine Linderung ein. Sein Kopf platzte fast vor Schmerzen, und dann musste er sich vom Gouverneur auch noch tausend Vorwürfe und Anspielungen anhören. Diebstahl und Raub nähmen zu, die Ziegelsteinfabriken böten Obdach für Taschendiebe. Die Diebe gelangten jetzt über Stahlnägel, die sie in die Wände schlügen, in die Häuser hinein. Sie schickten Köche und Lakaien in die Familien, um durch diese Hausangestellten an die Schlüssel zu gelangen. Ganz Tiflis sei ein Abgrund von Kriminalität. Durchs offene Fenster würden aus den Zimmern Tabakdosen und Uhren geraubt, mit krummen Stöcken, auf denen Lampen befestigt wären, eine häufig angewandte Methode sei das ... Mit fürchterlich quälenden Kopfschmerzen hielt er dagegen und berichtete dem Gouverneur, dass er im Kampf gegen die Banditen längst alles im Griff habe, und überhaupt sei das alles doch nicht so gefährlich und leicht zu bewältigen. Nur dürften die gemeinen Räuber der Stadt kein Bündnis mit den Terroristen eingehen, erst dann bestünde wirklich eine Gefahr ... Bei diesem Gedanken kam er wieder zu sich. Glaubte er eigentlich, was er sagte? Die Wahrheit war, dass selbst bei ihm nachts eingebrochen worden war, ja, er, bestohlen in der eigenen Wohnung, fast alles war geraubt worden, Silber, Gold, Uhren, Schnupftabakdosen. Die Verbrecher gingen in aller Seelenruhe durch die Schlafzimmer und nahmen alles mit, was sie in die Hände bekamen. Fürchterlich. Er hatte fest geschlafen, seine Frau ebenfalls, und derweil waren die Diebe über seinen Parkettboden gelaufen, hatten gepoltert und wahrscheinlich hatte sogar irgendein Verbrecher auf ihn herabgeschaut. Im Schlaf. Wäre er wach geworden, hätte er mit seiner „Smith & Wesson" schießen können. Die lag schließlich immer am Bett, Aber auch diese Waffe hatten sie mitgenommen. Es war schrecklich. Wahrscheinlich hatten sie ihm irgendeine Droge untergeschoben, zum Schnupfen, und wahrscheinlich plagte ihn deswegen dieser Kopfschmerz. Eigentlich hatte er vor, zum Kartenspielen zu gehen, heute würden sich Duchenau, Schwarz, Kulibin und Vater Anatoli treffen, um *Vint* zu spielen. Aber wohin zum Teufel sollte er mit diesem Kopfschmerz gehen! Nein, welche Schmach! Diebe, die bei einem Polizeichef einbrechen. Nein, Tiflis war eine Räuberstadt! Ein Nest von Verbrechern. Aber sich eingestehen, dass er all das, was in dieser Stadt passierte, nicht im Griff hatte?

– Michel, meine *Pantalones* sind auch weg, – hörte er die Stimme seiner Frau. Sie betrachtete ihn mit Papilotten im Haar, als er sich aus einer Karaffe Wasser eingoss und irgendeine Mixtur am Büfett suchte.

Die *Pantalones* der Frau des Polizeichefs hatte man also auch gestohlen, und wenn jetzt die Beute verteilt würde, konnte irgendein Schurke noch damit prahlen. Und wenn er auch noch was ausplauderte? Es war so peinlich, oh, mein Gott!

– Was soll ich jetzt machen, was würden Sie mir vorschlagen?

– Klara Adolfowna, mein Kopf platzt gerade.

– Soll ich ohne meine Pantalones bleiben? – was eine rhetorische Frage war.

– Euer Ehren, Albre, Louis Albre, bittet um eine Audienz, – sagte ein Lakai.

Wollte er jetzt etwa diesen Albre sehen? Der womöglich noch alles mitbekommen hat, wo er doch seine Nase überall hinein steckt.

– Und du, hast du auch Kopfschmerzen?

– Überhaupt nicht.

– Schon gut, er soll hereinkommen, – befahl der Polizeichef und ging zu seinem Büro.

– Das ist eine Katastrophe, – hörte er seine Frau, aber er achtete nicht mehr darauf und betrat sein Büro, in dem mittlerweile auch Albre erschienen war.

Der Polizeichef hätte jetzt gern gewusst, wie spät es war, aber da ging ihm plötzlich auf, dass seine Uhr sicher schon im Loch irgendeines Juden lag. Zum Verzweifeln. Er ließ die Arme sinken. Er suchte nach Zigaretten, und nun fiel ihm ein, dass auch das Zigarettenetui in die Hände der Räuber geraten war. Irgendein Halunke paffte jetzt seinen serbischen Tabak und schaute dabei auf sein Etui mit der Gravur „Dem Staatsrat für seine Verdienste am Vaterland" …

Wie fürchterlich!

– Sie?! Und zu dieser Zeit?

– Die Sache ist äußerst besorgniserregend.

– Nehmen Sie bitte Platz!

– Es geht um die Sicherheit des Staates.

Konnte er den um eine Zigarette bitten?

– Die Sicherheit des Staates?

– Es handelt sich um diese Mordserie, die in letzter Zeit unsere Stadt heimsucht … und dazu noch diese Angelegenheit mit *Royal Mary*.

– Jawohl, bitte weiter! – versuchte der Polizeichef sich zusammenzunehmen.

– Ich kann Ihnen mitteilen, wer das nächste Opfer sein wird.

– Wie bitte? Was meinen Sie? Das nächste Opfer …? – jetzt wurde der Polizei- und Feuerwehrchef wieder lebhaft.

– Wir haben es mit einer entsetzlichen Mordserie zu tun, mit einem teuflischen Spiel. Und es kann sein …, dass sich dahinter die geheimen Machenschaften von Anarchisten, Nihilisten oder Terroristen verbergen. Aber jetzt ist nicht der richtige Zeitpunkt, die Spielregeln zu begreifen. Die Sache ist zu pressant.

Anarchisten! Das klang ja fürchterlich. Eigentlich würde es im jetzt gut tun, für zwei Wochen zu verreisen. Am besten nach Bordshomi. Aber ja doch, genau, es ist höchste Zeit, nach Bordshomi zu fahren und sich zu erholen. Diese Anspannung …!

– Die Abfolge des Spieles sieht so aus: Erst haben sie Chrisantidis ermordet, ist Ihnen der Stallknecht von *Royal Mary* bekannt? Das nächste Opfer war der Inder vom Zirkus, später ist *Royal Mary* verschwunden, ja, ja, auch *Royal Mary* gehört zu dieser Mordserie, danach traf es einen deutschen Reisenden mit Namen Grimmelshausen, und dann ist noch ein als Frau verkleideter Künstler in der Nähe des Semeini-Gartens getötet worden.

Dieser Allwissende ist ja schlimmer als die Jakobiner. Was zum Kuckuck erzählt der mir? Wer schickt ihn? Allmählich formten sich allerdings die Geschehnisse mit einer gewissen Folgerichtigkeit in den Gedanken des Polizeichefs zu einem Gesamtbild. Einige Morde tauchten deutlich vor seinen Augen auf.

– Alle diese Delikte wurden garniert durch eine Rose, manche der Opfer hatten sie am Ohr, andere am Revers oder auf der Brust. Jede dieser Rosen wurde bewusst als Zeichen eingesetzt. Als hinterließe man am Tatort irgendeine Spielkarte. Diese Rosen waren in jedem dieser Fälle eine Visitenkarte.

– Eine Visitenkarte? – griff der Polizeichef sich an den Kragen.

– Jawohl, in der Handschrift des Mörders.

– Sie haben auch *Royal Mary* erwähnt, – das Polizeiober-haupt ging die Reihenfolge der Taten durch. Man hatte ihn heute doch schon einmal wegen dieser *Royal Mary* ge-nervt …, warum denn die Polizei seit einer Woche keine Antworten in diesem Fall hätte!

– Im Stall von *Royal Mary* lag als Zeichen eine weiße Rose. Die Täter sind keine kleinen Kriminellen, das sind keine unerfahrenen Ganoven, das sind einflussreiche Figu-ren mit immensen Möglichkeiten. Nach meinem Dafürhal-ten steht zu vermuten, dass all die Mordopfer Schachfiguren in einem makabren Spiel sind.

– Was für Figuren? – der Polizeichef, der sich sonst ei-gentlich unter Kontrolle hatte, konnte nicht verbergen, dass er vollkommen konsterniert war. Die Kopfschmerzen plag-ten ihn immer noch, oh ja, bestimmt hatte man ihn betäubt, indisches Opium baut man nicht einfach so ab.

– Die Reihe ist diese: erst eine weiße Rose im Ohr des Griechen Chrisantidis, dann eine rote im Turban des Inders, im Pferdestall von *Royal Mary* lag eine weiße Rose, eine rote Rose befand sich am Revers des Deutschen, und die gesam-ten Rosen aus einem vollen Korb bedeckten die Brust von Tischkevitsch, dem Künstler. Das gesamte Verbrechen sieht aus wie ein Spiel mit wechselnden Rollen, die jeweilige Rose steht für die Farbe der Schachfiguren.

Das Polizeioberhaupt konnte sich nicht mehr beherr-schen, er konnte auf keinerlei Etikette mehr achten, seine Augen fixierten Albres Taschen.

– Haben Sie eine Zigarette für mich? – fragte er wie ein Gymnasiast, der sich in den Garten geschlichen hat, um heimlich zu rauchen.

Albre nahm eine Schachtel aus der Tasche.

– Das ist wirklich ein Schachspiel, aber in der Tat ziemlich eigentümlich und vor allem sehr blutig. Ganz Europa ist voll von solch dekadenten Untaten, wie Russisch Roulette, und da steckt nur eine Kugel im Revolver. Man könnte unserem Spiel durchaus den Namen *Tagwpischigi* geben, Sie kennen das: ein Spiel aus Tiflis. Genau so! Eine mit schwarz-weißen Figuren gespielte, entsetzliche Partie. Es kann übrigens auch sein, dass die Drahtzieher Mitglieder eines Klubs sind und diese Spielfolge im Voraus festgelegt haben. Aber jetzt haben wir keine Zeit, solche Fragen zu lösen.

– Und wer sind diese Leute? – der Polizeichef griff zu Albres Zigarette. Der Qualm brannte in seiner Lunge, verwundert schaute er auf die Zigarette mit dem ungewöhnlichen Tabak.

– Das Wesentliche hier ist das Spiel, Chrisantidis, der Stallknecht, war ein Bauer und daher das erste Opfer.

Der Polizeichef überlegte, wohin dieses Gespräch am Ende führen sollte.

– Das nächste Opfer war ein Inder, den man tot im Elefantenkorb auffand. In Indien hat der Turm im Schachspiel die Form eines Elefanten. Dann verschwand ein Pferd, und vielleicht empfand der Täter bei diesem Verbrechen ja sogar eine gewisse Begeisterung. Später fand man einen Deutschen in Alexanderdorf tot auf. Er roch wie ein Offizier, und tatsächlich war er Offizier, selbst auf dem Schachbrett. Zum Schluss starb Tischkevitsch. In diesem Spiel war er die Dame.

Nein, dieser ganze Kampf gegen die Kriminalität, diese Razzien und Verfolgungsjagden durch Keller und Hütten, wie sollte ein armer Polizeichef das alles bewältigen?! Augen und Ohren weit aufgerissen, schaute der Polizeichef Albre an und wusste nicht, was er denken sollte.

– Bauer, Turm, Pferd, Offizier, Dame – und was folgt der Dame?

– Ein König!

– Ein König?

– Ja, gewiss! Das nächste Opfer wird ein König.

– Um Gottes Willen, was für ein König?! – rief der Polizeichef und bekam einen Hustenanfall. Er sprang auf und schob die Zigarette zur Seite.

– Der Schah von Persien. Naser ad-Din wird morgen in Tiflis eintreffen. Auf ihn plant man einen Anschlag.

– Oh, mein Gott …

– Es besteht die dringende Notwendigkeit, die Sicherheitsmaßnamen zu verstärken, denn wenn das nicht geschieht, dann …

– Was dann?

– Dann haben wir wirklich ein Schah matt.

Naser ad-Din, der Schah von Persien, kam am 3. Mai 1889 in Tiflis an. Es war fünf Uhr, als man vom Bahnsteig aus eine Dampflokomotive mit Fahnen in drei Farben erkennen konnte, an der elf Wagen hingen. Auch den Bahnhof schmückten Fahnen und Blumen. Auf dem Bahnsteig wartete eine Ehrenwache von Soldaten aus dem Ersten Schützenbataillon des Kaukasus.

Man hatte einen roten Läufer ausgerollt, er führte zu einem Saal, der mit wertvollen Teppichen in einen standesgemäßen Empfangsraum umgewandelt worden war.

Dort versammelt waren der Statthalter des Zaren, Dondukow-Korsakow, die Generalität, mehrere hohe Beamte, alle Mitarbeiter der persischen Botschaft, einige georgische Adelige und die gesamte Stadtverwaltung, angeführt vom Bürgermeister Matinow.

Auf den Schah warteten auch einige Handwerksgesellen, ordentlich in Reih und Glied aufgestellt, aber wenn Militär und Polizei nicht gewesen wären, hätten sie sich schubsend und feixend vorgedrängelt.

Sie stritten darüber, welche Zunft die wichtigere sei und also den Schah als erste begrüßen müsse. Seit alten Zeiten hatten die Gerber Anspruch auf diese Vorrangstellung, und die schoben denn auch die Schultern nach vorn. Der mündlichen Überlieferung zufolge kamen danach Kürschner, dann Hausierer, Fischer und Kerzenmacher. Aber die Stadt wuchs, und mit ihr zusammen wuchs auch die Zahl der Gesellen, und alle wollten sie die wichtigste Zunft vertreten. Angeblich genossen nun die Töpfer dieses Vorrecht, aber die Bäcker versuchten es, indem sie das Wunder der Brotvermehrung durch Jesu Christi anführten, und auch die Schneider bestanden auf ihrer Führungsrolle, denn sie hatten ja schon für die Ausstattung von Adam und Eva gesorgt. Und natürlich versuchten auch die Meister all dieser Zünfte mit ihren Kappen auf dem Kopf, den Medaillen an der Brust und dem Apfel in der Tasche, möglichst weit nach vorn zu kommen, und schoben Schultern und Füße vorwärts.

Punkt fünf Uhr am Nachmittag stieg seine Majestät aus dem Zug. Er schritt langsam und würdevoll voran, wie es im Orient üblich ist und wie es seiner Pflicht entsprach. Mit einer Hand drehte er seinen Schnurrbart, mit der anderen hielt er einen Stock. Naser ad-Din trug einen persischen Gehrock, auf dessen Schultern je drei große Brillanten glänzten, auf der Brust funkelten zweiundvierzig große Diamanten in mehreren Reihen, und mitten auf der Brust strahlte noch ein riesiger Brillant. Einen kostbar verzierten gebogenen Säbel trug er auch. Er hatte keinen Vollbart und war damit der erste Schah, dessen Oberlippe nur ein kleiner Schnurrbart zierte. Dieser Schah versuchte also, Reformen und allerlei Neuerungen einzuführen und war dabei, aus seinem Militär eine europäisch geformte Armee zu machen. Seit er den Thron bestiegen hatte, begleitete er seine Truppen weder zu Manövern noch auf Kriegszügen. Er vertraute da ganz auf seine Feldherren. Was würden wohl all die Schahs und Khans darüber denken, die jetzt in den Krypten ruhten? Die konnten ja leider keine Auskunft mehr geben; unter den Mudschtahiden aber gab es viele, denen diese Leidenschaften für Europäisches so gar nicht schmeckten. Nicht nur wegen der Veränderungen beim Militär, die Blicke des Schahs waren einfach allzu sehr auf dieses verdammte Europa gerichtet. Zu vieles formte er nach europäischer Art und Ordnung.

Die erste Begrüßung seiner kaiserlichen Hoheit im Namen des Zaren fiel dem aus Petersburg kommenden

Generaladjutanten Popow zu. Danach begrüßte Dondukow-Korsakow den Schah, dann Ernst, der Kommandant von Tiflis, und viele andere folgten. Schließlich trat ihm Matinow, das Stadtoberhaupt, mit Brot und Salz auf einem Silbertablett entgegen, das mit dem Wappen von Tiflis verziert war.

Endlich kamen die Gesellen an die Reihe, und sie trugen Fahnen, auf denen die Arche Noah, das Opferlamm von Vater Abraham und andere biblische Motive zu sehen waren.

Zum Empfang hatten sich auch persische Staatsangehörige mit Klarinetten und Trommeln eingefunden, die nun anfingen, auf ihren Instrumenten lautstark persische Weisen zu spielen, während sie zugleich versuchten, einen Blick auf den Schah zu werfen, vielleicht erhofften sie sich vom Herrscher seinen königlichen Segen.

Später wurde bekannt, dass aus dem Gefängnis ein persischer Häftling ausgebrochen war, der den Schah unbedingt sehen wollte. Aber man gönnte ihm dieses Vergnügen nicht und fasste ihn schnell wieder.

Zusammen mit dem Statthalter des Zaren Dondukow-Korsakow stieg der Schah nun in die Kutsche. Die Kanonen am Arsenal gaben einundzwanzig Salutschüsse ab.

Obwohl es genügend Kanoniere in der Stadt gab, wurden sie in diesem Fall nicht wirklich gebraucht, das war nur Firlefanz, irgendeine alte Sitte, überlebt, aber eben Etikette, wie man es heutzutage so schön ausdrückt. Die Empfangszeremonie wurde ja zusehends ausgefeilter. Tiflis hieß schließlich im Laufe der Zeit zahlreiche Gäste aus aller Welt willkommen, und auch in diesem Jahr wurde die Stadt von vielen Besuchern beehrt, französischen Prinzen wie Murat, und selbst Louis Napoleon, dann dem italienischen Premierminister Di Regio Donate und auch Italiens Thronfolger, dem heimlich angereisten Prinzen Napolitano, der in Tiflis besonders vom leckeren Tschichirtma˙ begeistert war. Mit alledem war Tiflis also vertraut, aber der Besuch des Schahs hatte eine völlig andere Bedeutung und einen ganz anderen Stellenwert.

Die Kutsche setzte sich in Bewegung und gelangte langsam zur Micheilstraße. Eine Kavallerieeinheit der Gendarmen ritt voraus, hinter ihr folgten die Kosaken.

Die ganze Micheilstraße wirkte geschniegelt und gebügelt. Fahnen wehten, Soldaten und Offiziere standen in Reih und Glied, Militärmusik erklang. Der Schah hatte seinen Fuß auf europäischen Boden gesetzt.

Nach den Moscheen und Minaretten, den Gärten und Springbrunnen von Teheran bekam der Schah jetzt also völlig andere Eindrücke. Seine Kutsche fuhr den Golowinski Prospekt entlang, und er hatte allen Anlass, mit einer gewissen Bewunderung die europäische Architektur auf beiden Straßenseiten zu betrachten: Balkone ruhten auf den Schultern des Titanen Atlas, zahllose Frontons und Karyatiden, Greifen und Löwenköpfe schmückten die Häuser. Balkone und Dächer hielten kaum all die Schaulustigen.

Oben auf die Hausdächer waren die fliegenden Händler, die Kintos geklettert, es sah aus, als wollten sie sich auf den Schultern des Atlas niederlassen. Wenn man sich eine Laus auf den Fuß setzt, dann klettert sie auch auf den Kopf, so heißt es doch, und von hoch oben verfolgten die Kintos die Zeremonie.

– Ei!! Guck ihn dir an! Wie selbstgefällig er daherkommt, wie hochmütig, – rief ein Kinto mit einem Schnippelbart auf den Wangen vom Balkon am Haus nebenan einem Kumpel zu.

– Man sollte ihn auf einen Esel setzen, ja, auf einen Esel! – hatte der andere natürlich seine Antwort parat.

– Mit der Narrenmütze!

– Mit dem Apfel auf dem Bratspieß!

– Der letzte Trottel bei uns sieht besser aus als der! Der hat einen Hintern, dass ihm ein Fußtritt geradezu wohl tun würde! – rief noch der erste der Kinto, aber da war der Aufmarsch schon fast beendet. Sie überlegten noch, sich beim nächsten Volksfest nicht mehr als Khan sondern als Schah zu zeigen und dem nun künftig ihren Spott zu widmen.

Da erklang plötzlich ein Pfiff, und ein Junge auf dem Dach ließ ein paar Tauben frei, die prompt zum Schah und über ihn hinweg flogen.

– Geschissen! Auf die Brust geschissen! – jubelte ein Kinto.

Nein, Kintos haben wirklich keinen Platz in der Gesellschaft. Sie dürften eigentlich nicht mal weiter als bis zum Jahrmarkt-Platz gehen. Naja, aber höchstens bis zur Fähre. Weiter auf gar keinen Fall.

Das Blasorchester spielte abwechselnd europäische Märsche und die persische Hymne. Der Aufmarsch für den Schah war wirklich ein Spektakel. Nur die ausgesuchtesten Kleider und Waffen waren zu sehen, die Säbel vergoldet, die Schnurrbärte spitz, und der ganze Zug glänzte von Epauletten, Spitze und Schleifen, Pelissen und Tschakos. Alles nur das Beste vom Besten und unglaublich prunkvoll. Man sah zwar deutlich den europäischen Einfluss, aber andererseits auch viele in kaukasischer Tracht, mit verziertem Brustlatz und Überwürfen aus Filz, seidenen Kopftüchern und Turbanen. Es folgten nicht alle dem Geschmack des Schahs, und offenbar wollte nicht jeder sich in österreichischer Uniform zeigen, viele hielten es da weiter mit dem Krummsäbel, altväterlich, nach der Art ihrer Ahnen eben. Etwas fehlte allerdings – Pferde hatten sie nicht mitgebracht, vielleicht hätten blendend verziertes Zaumzeug und prachtvolle Sättel denn doch den Blick allzu sehr abgelenkt.

Der General der Infanterie und Baron von Meerstedt-Gülessem waren da, und Mehdi-Khuli-Khan-Geg-Od-Doule, der Schwiegersohn des Schahs und zugleich Verwalter seines Palastes gehörte ebenfalls zur Begleitung des Herrschers. Überhaupt hatte der Schah ein wirklich großes Gefolge. Vier Minister, angeführt vom Großwesir Mirza-Ali-Askar-Khan-Emin-Sultan, begleiteten ihn, außerdem ein Ober-zeremonienmeister und das Oberhaupt der Pagen, Emin-Khalvat, und natürlich Mamed-Hasan-Khan-Ekbalus-Sultan, dessen Pflicht vor allem darin bestand, den Schah immer und überall zu begleiten. Ihm war das Siegel anvertraut, aber er war auch noch Redakteur der Zeitungen „Iran", „Ettel", „Écho de Perse" und des Journals „Sheref".

Als weiterer Begleiter des Schahs trat der Sultan von Aziz auf: Der zwölfjährige Gulimal Khan war sein Favorit, er hatte ihn bei einer Jagd im Wald entdeckt, und der Schah betrachtete den Jungen als Geschenk Gottes. Nur er durfte immer mit dem Schah speisen.

Zum Tross gehörten außerdem: Sultan Sedik-Us, der französische Kurpfuscher Tolosan, acht Generäle und einundzwanzig Leibeigene. Insgesamt zählte das Gefolge einhundertzehn Mann.

Diese ganze Prozession zog jetzt durch die Micheilstraße, und sie führte nicht weniger als achtzehn Truhen allein mit persischen Orden und Auszeichnungen mit sich, des weiteren Truhen mit Geschenken für verschiedene europäische Königshäuser und schließlich einen goldenen Globus. Auch ein Gastgeschenk.

In der Kutsche aber saß ein zufriedener Schah, vor allem weil ja in Tiflis die Erfüllung seiner Wünsche auf ihn wartete.

Die Kutsche und das Gefolge des Schahs mit Musikzug und Ehrenwache bewegten sich nun über die Micheilbrücke und weiter auf der Barjatinskistraße entlang. Dort, wo sie den Golowinski Prospekt kreuzte, hatte man riesengroße Arkaden errichtet, gekrönt von Löwen und Sonnen. Die Prozession passierte auch diesen Bogen und gelangte schließlich zum Palast des Statthalters des Zaren, wo die versammelte Generalität und die ausländischen Diplomaten warteten. Gegenüber dem Palast tauchte am Abend ein Transparent auf, auf dem das persische Wappen leuchtete: Löwe und Sonne.

Am Morgen verließ der Schah den Palast, um zusammen mit seinem Gefolge eine minutiös geplante Stadtrundfahrt anzutreten, die ihn zuerst zur Kadettenschule führte, wo er die Uniformen bewunderte und die Haltung und die exakte Aufstellung der Kadetten genoss. Sie exerzierten brav vor ihm, er schaute zu und gab sein Urteil ab.

Danach ging es weiter zum Institut der Heiligen Nino für Frauen in der Bebutowstraße, und diese Einrichtung inspizierte der Herrscher besonders aufmerksam, weil er ja an die Worte seines Sterndeuters dachte. Denn wo, wenn nicht hier, sollte er sein Glück finden? Nur hier konnte doch der von den Sternen verheißene Trost auf ihn warten. Er schaute sich deshalb immer wieder um, aber das vereinbarte Zeichen, ein mandelfarbenes Seidentuch, war nirgendwo zu sehen.

Schließlich informierte man den Schah auch über das Verschwinden von *Royal Mary*. Und diese Geschichte nahm er nun sehr übel, kam es ihm doch vor, als sei er im Leben schon allzu oft enttäuscht worden. So wie damals, als er Aserbaidschan unter seiner Obhut hatte, und wie lange hatte er auf den Schah-Thron warten müssen! Aber natürlich lernte man dabei auch Selbstbeherrschung.

Hernach führten sie ihn durch allerlei Bäder, und er betrachtete alles wirklich mit Interesse, wobei das Bad von Orbelianis, das bunte Bad, natürlich einen besonderen Höhepunkt darstellte. Selbst den Bader dort hatte man sorgfältig ausgewählt, es war ein Perser, Alasker-Alakhper Ogly, und der warf sich dem Herrscher sofort zu Füßen.

Doch, das Bad gefiel dem Schah sehr, aber baden wollte er

lieber nicht. Es blieb bei der Besichtigung und der Prüfung der Wassertemperatur durch den herrschaftlichen Finger.

Die Ehre, als Stadtführer des Schahs zu agieren, hatte man Kanzleidolmetscher Mirza Mustafa Akhundow zugewiesen, und der vermittelte dem Schah nun seine Kenntnisse.

– Das ist Heilwasser, und es heilt unzählige Krankheiten, – gab Akhundow zum Besten.

– Sehr interessant!

– Diese Bäder hat schon Aga Mohammed Khan besichtigt, Ihr hochherrschaftlicher Vorfahre, und ihm hatte man versprochen, dass er hier von seinem Leibesschaden˙ genesen würde, – der Dolmetschers wagte sich nun etwas weit vor.

– Und dann? – lächelte der Schah.

– Er wurde nicht geheilt und war darüber so erbost, dass er befahl, die Bäder zu zerstören.

– Ach, da hat er aber übertrieben!

– Also, diese Bäder haben schon einiges erlebt.

– Er hat wirklich übertrieben und von diesem bisschen Wasser vielleicht etwas viel verlangt, solch eine schwere Erkrankung kann selbst ein Tolosan nicht heilen, – dabei schaute er zu seinem Leibarzt hinüber.

Worauf Tolosan seinem erlauchten Ernährer ehrfürchtig zunickte.

– Heilt dieses Bad auch die Wehmut? – fragte der Schah und lächelte weiterhin.

– Dafür ist Hazira, der Dudelsackpfeifer, besser geeignet, – sagte Akhundow, und schon standen blinde Musiker bereit und spielten auf ein Zeichen Bandir und Du˙.

– Danke, es reicht, dass diese Bäder einmal zerstört worden sind, – der Schah lächelte noch einmal und verließ den Ort.

Von dort schritten sie voran zum Botanischen Garten und besichtigten auch den. Auskünfte über den Garten gab dem

Schah nun der überaus gelehrte Gärtner der Staatsvermögensverwaltung, Herr Hinzenberg, der über jede der unglaublich vielfältigen Baumarten Bescheid wusste, die alle aus Asien oder Nordamerika stammten. Japanische Kakipflaumen, Gleditschien, Samschits und Muschmalas waren auch zu bewundern, allerdings trugen die zu dieser Jahreszeit keine Früchte, ansonsten sah es aber aus wie im Garten Eden. Auf dem Weg zum Wasserfall verweilte der Schah im Schatten der Bäume, und am Ziel ruhte er sich eine Zeitlang aus. Für Hinzenberg ordnete er eine Auszeichnung an.

Es ging weiter, Akhundow fuhr mit seinen Erläuterungen fort, musste aber feststellen, dass der Schah zusehends von Schwermut erfasst wurde, und versuchte also, ihn durch allerlei Geschichten abzulenken und aufzuheitern.

– Die rechtgläubigen Moslems feiern jedes Jahr in diesem Garten ihr Bairam-Fest. Hier versammeln sie sich, beten und feuern schließlich feierlich ihre Geschütze ab.

– Was für Geschütze sind das? – fragte der Schah.

– Russische, – gab Akhundow zur Antwort.

– Die sind sehr laut, – bemerkte der Schah und schaute seinen Kunst- und Artillerieminister Jahangir Khan an.

– Die Russen reinigen die Geschützrohre mit gemahlenen Ziegelsteinen, und deswegen schneiden sie schlechter ab als österreichische Geschütze, – bemerkte mit leiser Stimme der Minister.

Die Artillerie des Schahs wurde mit Uchazius-Kanonen aus Österreich ausgerüstet, wobei der Ankauf für das staatliche Schatzamt des Schahs sehr kostspielig war. Möglicherweise überhäuften die Österreicher den Minister mit Geschenken.

– Voriges Jahr haben sich hier viele Perser versammelt und ein eigenes Fest gefeiert, wie es sich gehört und wie es Sitte ist, und man kann wirklich feststellen, dass die Untertanen Ihrer Majestät hier große Achtung genießen. Auch sorgt der russische Zar für ihr Wohlergehen, und sie dürfen arbeiten, und auch beten können sie, wie es ihnen beliebt. Als das Fest zu Ende war, gab es am Abend sogar eine Vorstellung für sie im Theater.

– In welchem Theater? – fragte der Schah interessiert.

– Oben, in den Karawansereien von Artsruni wurde ein Theaterstück von Mirza Fet Ali Akhundow aufgeführt: „Monsieur Jordan, der Botaniker, und Derwisch Mästalischah, der berühmte Zauberer", – sagte der Dolmetscher stolz aber zugleich ein wenig zurückhaltend, weil auch sein Namensvetter erwähnt worden war.

– Davon habe ich nie gehört.

– Er war ein aserbaidschanischer Schriftsteller.

– Gut zu hören, – der Schah gab sich nun zufrieden.

Der Dolmetscher erzählte aber nicht, dass Akhundow von Mullah-Muezzins aus der Gemeinde ausgeschlossen worden war, angeblich weil er Gott nicht gelobt und gepriesen hatte, und auch bei seiner Beerdigung durfte ihn keine Trauergemeinde begleiten, man musste ihn unter Mühen heimlich zu seiner Grabstelle tragen.

– Dieser Garten ist außerdem wie eine Bühne, – erzählte der lebende Akhundow weiter, – jedes Jahr errichtet man hier einen Thron für den Khan, auf dem dann ein lustig ausstaffierter Herrscher Platz nimmt. Sein Gefolge kämpft mit den Einwohnern der Stadt. Sie tragen alte Hauben auf dem Kopf, kleiden sich wie Harlekine und ziehen jeden Passanten mit ins Spiel hinein, Händler müssen Abgaben leisten, und alles endet damit, dass sie den Khan in den Fluss werfen. Danach gibt's ein großes Festmahl, – der Dolmetscher wagte sich auf ziemlich gefährliches Gelände vor.

– Wen soll dieser Khan darstellen? – fragte der Schah.

– Einen Osmanen, Du Schatten Allahs, den osmanischen Eroberer, – entgegnete Mamed Hasan Khan Ekbalus Us Sultane blitzschnell und lächelte den Dolmetscher mit seinen Pausbacken breit an, weil er ihn unbedingt von weiteren Erzählungen abhalten wollte.

– Das alles soll zeigen, wie Tiflis alle Gefahren übersteht und überlebt, wie seine Bewohner ihre Existenz auf Sein und Nichtsein verteidigt und die Eroberer vertrieben haben, – fügte Akhundow aber noch hinzu.

– Sein oder Nichtsein, das ist hier die Frage, – sagte der Schah nun wieder mehr als traurig.

– Obwohl man auch sagen muss, dass dieser Khan im vorigen Jahr eine Uniform mit Epauletten und eine Schirmmütze auf dem Kopf trug, worüber die Russen sehr empört waren, und nun besteht die Gefahr, dass diese Spiele verboten werden, – dieser Dolmetscher war in jeder Hinsicht mutig.

Während des Rundgangs durch die Stadt folgten dem Schah unzählige Agenten wie wechselnde Schatten. Nichts in seiner Umgebung blieb unbeachtet. Seine persönliche Garde bestand aus Georgiern und Persern aus alten Adelsgeschlechtern. Gewiss irrte sich Malcolm nicht in seinen Briefen. All diese Leute begleiteten den Schah stets und ständig und trennten sich nie von ihm. Ihre funkelnden Augen sprühten derart, dass man die Befürchtung hegen mochte, Wiesen und Berghänge könnten in Brand geraten.

Auch Albre hielt sich in dem Garten auf, er folgte dem Zug in geringer Entfernung und ließ niemanden aus den Augen, der auch nur einen Finger krümmte. Der Polizeichef hatte Albres Befürchtungen keinen Glauben geschenkt und seine Vermutungen ignoriert, und er hatte auch nicht, wie von Albre gefordert, das Amt für außergewöhnliche Angelegenheiten eingeschaltet – aber immerhin die Zahl seiner

Sicherheitskräfte erhöht und die Gefahren für den Schah damit etwas gemindert.

Der Schah und seine Entourage verließen den Garten in Richtung Sololaki. Dort besichtigte der Herrscher ein altes, bereits verfallenes Observatorium. Lange schaute er von dort auf die Stadt hinunter.

– Früher hat man die Ansicht vertreten, ein Sterndeuter müsse unbedingt buckelig sein. War das nicht der Fall, dann galten seine Worte und seine Deutungen nichts, – fuhr Akhundow nicht weit vom Observatorium fort.

– Buckelig?

– Ursprünglich stammte dieser Brauch aus Arabien.

– Und was hatten sie denn Wundersames prophezeit? – fragte der Schah mit wachsendem Interesse.

– Ein Buckeliger hatte einst behauptet, dass die Umayyaden in Damaskus untergehen würden, um dann aber in Spanien ein großes Königreich zu errichten.

– Und das hat er alles von hier aus gesehen?

– So sagt man.

– Wer genau war das?

– Sein Name war Hubaisch Ibn Muhamed At-Tiflis.

– Vielleicht könnten sich unsere Sterndeuter genauer nach dieser Geschichte erkundigen …, – dabei schaute der Schah auf sein Gefolge. Tiefe Verbeugungen und zuckersüße Gehorsamsbekundungen waren die Folge.

Nach der Besichtigung der Stadt kehrte der Schah in den Palast zurück, wo es zu seinen Ehren ein festliches Mittagsmahl gab, und die Tafel war für hundertzwanzig Personen gedeckt. Wie immer hieß der Schah Gulimal Khan neben sich Platz nehmen und bot ihm von seinem Teller an, und der Junge kostete vergnügt all die Leckerbissen.

Das Mahl war kaum beendet, da gab der Schah ein Zeichen mit der Hand, und Emin Khalvat beeilte sich nun, unzählige Geschenke hereinzutragen und eins um das andere zu verteilen. Der Schah zeichnete eine Menge Leute aus, unter ihnen den Staatsrat Gakkel mit dem persischen Orden „Löwe und Sonne ersten Ranges" und den persischen Botschafter in Petersburg Mirza Mahmud Khan, dem er ein „Emir-Tuman"-Abzeichen anheftete. Sein ranghöchster Diplomat in Tiflis, Mirza Mamed Ali Khan, bekam den Titel „Jalab" verliehen, und statt des früheren Titels „Moinul ul Vesir" konnte er sich jetzt mit der Bezeichnung „Ala ud Double" schmücken. Außerdem wurde er als persischer Botschafter nach London versetzt. Der Muschinbasch des Konsulats, Mirza Lutfali, wurde mit dem Sarkhang-Rang, gelbe Streifen auf den Epauletten, ausgezeichnet. Der Dolmetscher Akhundow bekam einen Schal aus Kerman, kurzum, eine ganze Truhe von Geschenken und Orden wurde geleert.

Danach ruhte sich der Schah aus. Am Abend aber wurde zu seinen Ehren im Staatstheater „Der Nussknacker" aufgeführt, und dafür war die ganze Umgebung wahrlich festlich geschmückt worden. Auch der Weg zum Theater erschien nun glanzvoll und hell. Der Staatsrat hatte extra zehn Goldstücke für die Reparatur der Straßenlaternen bereitgestellt.

Der Schah mochte das europäische Theater. Bei ihm zuhause im Palast erklangen denn auch europäische Melodien neben den orientalischen; es war also nicht zu erwarten, dass die Aufführung auf ihn befremdlich wirken würde. Am Dirigentenpult sollte Piotr Iljitsch Tschaikowsky höchstpersönlich stehen.

Wirklich schade aber war, dass es das alte Theater auf dem wichtigsten Platz der Stadt nicht mehr gab, ein Palast im Stil von Paladio mit mauretanischem Dekor im Inneren. Dieses Juwel der Stadt war durch ein Feuer zerstört worden, und die Flammen hatten auch die sagenumwoben schöne Bemalung von Gagarin vernichtet. An einem neuen Opernhaus baute man schon allzu lange, und so war im Augenblick das Staatstheater der einzig angemessene Ort, den man dem Schah bieten konnte.

Die Eintrittskarten für die Logen, für den Balkon und für die ersten zwei Reihen waren für Beamte der Stadt und anderer wichtiger Einrichtungen vorgesehen. Der Rest aber war frei verkauft worden.

Die Kulissen wirkten ziemlich bescheiden und fantasielos. Wo war nur der alte Vorhang geblieben, der in dem niedergebrannten Opernhaus gehangen hatte, aber während des Brandes verschwunden war? In prachtvollen Bildern hatte er die Ankunft der Russen mit ihren Lokomotiven und Teleskopen gezeigt, wie sie durch die Einheimischen mit Trinkhörnern und Seidentüchern empfangen wurden.

Tschaikowskys „Nussknacker" war gerade rechtzeitig zu der Aufführung zu Ehren des Schahs fertiggeworden.

Allmählich trafen die Zuschauer ein und begaben sich zu ihren Plätzen. Die gesamte Oberschicht von Tiflis war zu sehen, und sie nahm das Ereignis zum Anlass, die schönsten Kleider und den kostbarsten Gold- und Brillantschmuck vorzuführen. Dieser Umstand sorgte für einigen Umsatz in den Juweliergeschäften von Katz und Rabinowitsch, die eine Menge ihrer teuren Stücke losschlagen konnten.

Allerdings war das eine Gelegenheit, auch den sonst in den tiefen Wandschränken versteckten alten Schmuck zu zeigen. Als die Gattin von Portugalow auftrat, konnte man fast nicht ausmachen, ob die Frau eine Brosche oder die Brosche die Frau trug. Die an ihrer Brust steckende Zier zog alle Blicke der Vorbeigehenden an, so auffallend war sie. Die Damen in ihren hochmodischen Kleidern wandelten durch die Staatsoper, dass es nur so rauschte. Auch die Schneider machten also dank ihres Könnens – ganz im europäischen Stil – einen hübschen Gewinn. Ja, nicht wenige in Tiflis verdankten dem Schah wirklich gute Geschäfte. In Einzelfällen war auch georgische und armenische Kleidung samt Kopfschleier zu sehen. Ein dicker Türke lief mitten durch den Saal, an seiner Seite eine junge und besonders hübsche Frau, die über dem Kopf und den Schultern einen kostbaren Schal aus Kermanwolle trug, der eindrucksvoll in seiner Mandelfarbe leuchtete, während die beiden gelassen und gemessenen Schritts zu einer der besten Logen gingen, um dort Platz zu nehmen.

Übrigens, die Platzverteilung löste später in Tiflis große Empörung aus. Es gab bittere Kritik und viel Ärger, und mancher war geradezu beleidigt wegen des ihm zugewiesenen Platzes.

Der dicke Türke zog immer wieder ein großes Taschentuch hervor und wischte sich den Schweiß vom Nacken, man merkte, dass er aufgeregt war.

Albre befand sich auch im Theater, aber er beanspruchte keinen Platz. Er wollte alles im Stehen beobachten können – ihm sollte nichts entgehen!

Als der Schah eintrat, stand der gesamte Saal auf, an Zeichen der Hochachtung sollte es nicht mangeln. Der Schah trug einen persischen Gehrock, seinen Kopf bedeckte ein Hut mit einem Smaragdstein in der Mitte und einer Pfauenfeder zur weiteren Zierde des Hauptes. Aus seinen Augen strahlte die Hoffnung, vielleicht hier, vielleicht an diesem Abend, vielleicht in diesem Theater, sein ersehntes Glück zu finden.

Es begleitete ihn nur kleines Gefolge. Seine Hand ruhte auf Gulimal Khans Schulter, und die beiden gingen gemeinsam zu der für sie reservierten zentralen Loge. Rote und weiße Rosen schmückten den Balkon des Schahs.

Die ganze Zeit hatte sich Albre nach den Agenten im Saal umgesehen, und jeden Dandy im Parkett musterte er genau.

Es dauerte nicht lange, Tschaikowsky gab mit seinem Taktstock das Zeichen, und auf der Bühne setzte eine prächtige Ballettaufführung ein. In dem einfachen, aus Brettern gezimmerten Bau entfaltete sich plötzlich ein Spiel in europäischen Farben, das vollkommen zu der Musik passte.

Das Schauspiel auf der Bühne, die Kostüme, die Dekoration, alles zeugte von erlesenem Geschmack. Da erwachte der Salon einer deutschen Wohnung auf der Bühne, die Möblierung bürgerlichen Lebens in Deutschland.

Mitten in der Aufführung schlug zwölf Mal die Uhr, und jedes Mal guckte ein bunter Vogel heraus und ließ einen lauten Kuckucksruf vernehmen.

Puppen und Mäuse wechselten sich ab auf der Bühne, im Getümmel der Schlacht tauchte mit dem Degen in der Hand der Nussknacker auf, wie er von E. T. A. Hoffmann erdacht und von Tschaikowskys Musik zum Tanzen gebracht worden war.

Gulimal Khan mit seinen jungen Jahren schaute hingerissen auf den geschmückten Tannenbaum, auf die um ihn herum tanzenden Kinder und all die Geschenke, die verteilt wurden. Den Adjutant des Schahs, Reza Khan, hingegen fesselten Drosselmeiers mechanische Puppen, und mit strahlenden Augen folgte er ihnen.

Albre hatten keinen Blick für die Bühne, er beobachtete die Anwesenden im Saal und zupfte immer wieder an seinem Schnurrbart. Aber dann wandte er den Blick doch hin und wieder zur Bühne, auf der nun die Schlacht in vollem Gange war und der Nussknacker mit seinem Degen versuchte, die Mäuse mit großem Getöse zu vertreiben.

Plötzlich blieb der Blick des Franzosen auf einem Teil der Bühnendekoration hängen. Eine Arbalest hing an einem Regal an der Bühnenwand, neben einer Flöte und einem Konterfagott. So harmlos, als sei auch sie zum Spielen da, aber doch passte sie irgendwie nicht in die Reihe.

„Diese im ersten Akt an der Wand aufgehängte Arbalest wird im dritten Akt abgefeuert", Albre rasten Gedanken wie von Carlo Gozzi durch den Kopf.

Man wird schießen, man wird bestimmt schießen, natürlich, hier, mitten in diesem Theater!

Der Franzose rannte ohne zu zögern in die Kulisse. Mit den Händen wild fuchtelnd bahnte er sich seinen Weg zur Bühne und achtete weder auf die empörten Tänzer noch auf das Personal, das ihn verfolgte. Er stürzte direkt zum Kasten des Souffleurs. Dort war selbstverständlich niemand, denn für die Tanzbewegungen brauchte man keinen Souffleur. Die ganze Bühne, die tanzenden und rennenden Beine lagen in Albres Blickfeld.

Genau in diesem Moment sah er, wie der Nussknacker die Arbalest an die Schulter legte und sich zum nächsten Pas in Richtung der Zuschauer bereit machte. Als sei er nicht ein Nussknacker, sondern der Held, der einen Apfel vom Kopf seines Kindes schießen musste.

Albre hatte keine Zeit mehr zu verlieren, und aus dem Kasten des Souffleurs ergriff er einen Fuß des Nussknackers, er stürzte sich auf ihn, warf ihn zu Boden, und riss ihm die Arbalest aus den Händen.

Das alles verursachte verständlicherweise auch hinter der Bühne ein ordentliches Durcheinander, und ein Feuerwehrmann und einige Mitglieder der Truppe packten den Franzosen, befreiten den Nussknacker und zogen Albre zurück hinter die Kulissen.

Nun griffen Agenten ein und und packten Albre, aber kaum hatten sie ihn erkannt, ließen sie ihn wieder los.

Die Empörung des italienischen Ballettmeisters kannte keine Grenzen, er fuchtelte mit den Fäusten und trampelte mit den Füßen, bis ihm das Toupet vom Kopf fiel.

Albre richtete die Arbalest gegen die Wand und betätigte den Abzug. Der Pfeil blieb, wo er war, auch beim zweiten Versuch ließ er sich nicht bewegen, und der Grund war einfach: Die Armbrust war nicht echt, der Pfeil nur aus Pappmaché. Der Franzose warf die Arbalest hin und verließ schleunigst die Bühne. Mit schnellen Schritten verschwand er von diesem Ort und ließ den Saal hinter sich. Draußen an der frischen Luft atmete er tief ein und maß seinen Puls. Was sollte er auf weitere Verwicklungen warten, er war enttäuscht, er war leer, er machte sich auf den Weg nach Hause.

Die Aufführung ging ohne Hindernisse weiter, der Fall des Nussknackers wurde als Teil des Kampfes angesehen, der auf der Bühne tobte, das Publikum sprang auf, jubelnder Beifall aus dem Parkett und aus den Logen begleitete jede Aktion. Nur der dicke Osmane hatte keine Zeit zu applaudieren, er war zu aufgeregt und blieb mit seiner Begleiterin in der Loge sitzen, die vom Platz des Schahs aus gut einsehbar war.

Das war genau so geplant. Es gehörte zur Operation „Scheherazade", mit der die Deutschen ihre bildhübsche Agentin im Harem des Schahs platzieren wollten.

Der Schah erkannte denn auch prompt in ihr seine Herzallerliebste, als sei sie aus seiner Rippe geschnitten, und er war sich auch deshalb völlig sicher, da sie ja den prophezeiten Kermanschal trug. Sehnsüchtig blickte er sie an, und in seinen Gedanken wuchs sein Reich und gedieh und dehnte sich weit aus wie zu den Zeiten der Safawiden. Auch Scheherazade sah den Schah an, nein sie schmachtete geradezu, und der betörende Ausdruck ihrer Augen zeigte Wirkung: Tief und lange schauten sich die beiden an, und dabei ließ der Schah sich von den Regungen seiner Seele derart hinreißen, dass ihm sogar ein Gedicht über eine Nachtigall und eine Rose einfiel. Er wartete nur noch auf die Pause, um seine Träume zu verwirklichen, um sich seinen Wunsch zu erfüllen, Scheherazade näher zu kommen.

Den Blicken zwischen den beiden Logen folgte derweil ein Dritter mit wachsendem Vergnügen und zunehmender Begeisterung, da diese Augenamouren wahrlich nicht zu übersehen waren. Der zufriedene Beobachter hieß Baron Stott-Wartenheim. Immer wieder nahm er sein Opernglas zur Hand und richtete es mal auf die Loge des Schahs, mal auf die Scheherazades. Ein Lächeln umspielte seine Lippen, und einige Male rieb er sich gar die Hände: Der Einsatz hatte sich ganz offensichtlich gelohnt. Jetzt würde jeder der eingesetzten Reichstaler Gewinn bringen. Viel Fleiß und viel Arbeit brachten nun die erhofften Früchte, und dass dazu eine Position bei der anatolischen Eisenbahn gehörte, das schien ihm nun sogar als zu geringes Entgelt. Für die Briten aber blieb nur ein feuchter Händedruck.

Auf der Bühne tanzten sie weiter und weiter, und schließlich begann der „Arabische Tanz" mit den alten Rhythmen und Klängen. Als die Musik gerade kräftig anschwoll, hörte man aus Scheherazades Loge plötzlich laute Schreie. Es war Scheherazade, die schrie. Sie schrie ohne Scheu und ohne Rücksicht, schrie mit letzter Stimme, und dieser Schrei erreichte jede Ecke der Oper. Scheherazade schrie laut, es war Georgisch, und sie schrie, „Mama, Mama"!

Alles erstarrte. Die Musik hörte auf, kein Ton war zu vernehmen. Der „Arabische Tanz" hatten bei Scheherazade in den tiefsten Tiefen ihrer Seele die Erinnerung an ihre Kindheit geweckt. Es war ein Wiegenlied, ein Schlaflied, aus der Zeit, bevor sie entführt worden war, um dann in wildfremder Umgebung aufzuwachsen. Man hatte alles das aus ihrem Gedächtnis ausradiert und zugeschüttet und aus ihr eine Waffe gemacht. Aber dieser „Arabische Tanz" war nichts anderes als eben ein Wiegenlied, das Tschaikowsky während eines Aufenthaltes in Gremi˙ gehört und aufgeschrieben hatte. Die eingängige Melodie fügte er schließlich in die Ballettmusik für seinen „Nussknacker" ein. Und mitten in der Aufführung beendete das Wiegenlied aus der Kindheit den Dämmerschlaf der Seele Scheherazades. Als sei die Dunkelheit in ihr geschwunden. Ihre Seele war aufgewacht.

Wie auch immer, aber die Geschichte verbreitete sich blitzschnell in dem Theater, und innerhalb kurzer Zeit waren alle Besucher über das Geschehene informiert. Der Statthalter des Zaren höchstpersönlich ging in die Loge Scheherazades, die eigentlich Mariam Andronikaschwili hieß, wie man etwas später herausfand. Vornehme junge Männer in Nationaltracht standen ihr bei – ihr, die als Hauptfrau in des Schahs Harem bestimmt war, die den Lauf der Geschicke Persiens ändern sollte und vielleicht das Schicksal des ganzen Nahen Ostens … In einem kurzen Moment hatte sich alles verändert. Die junge Frau war aus ihrer Vergangenheit zurückgekehrt, und eine völlig andere Zukunft erwartete sie nun. Ein einziges Lied, ein Wiegenlied, hatte die ganze Partie, das großes Spiel, *the great game*, auf den Kopf gestellt.

Und Baron Stott-Wartenheim? Er war sprachlos vor Entsetzen ob der veränderten Lage, er spürte wie seine Zunge vertrocknete. O nein, was war mit ihm los, was bedeutete das alles?! Schwindel befiel ihn und lange, sehr lange brauchte er, bevor er etwas begriff. Und wahrlich, es war eine Katastrophe. Der schöne Plan hatte sich zerschlagen, das Spiel war aus. Es schien ihm unglaublich, aber doch war das nichts als die Wirklichkeit. Ihm blieb nichts weiter übrig, als aus vollem Hals „Himmel Donnerwetter!" zu brüllen und mit der Faust auf die Logenbrüstung zu schlagen.

Am nächsten Tag schon wusste die *Iveria* zu berichten, diese Frau aus Kachetien sei die in früher Kindheit von Lesgiern entführte Mariam Andronikaschwili, Mary, wie sie ihre Mutter genannt hatte, die dann in einem dagestanischen Dorf aufgewachsen sei. Ihre Muttersprache und ihre Kindheit hatte sie völlig vergessen und nun dank eines Wiegenlieds ihren Geist und ihre Seele wiedergefunden. Die Bilder ihres früheren Lebens tauchten wieder auf, und ja, es war dieses Wiegenlied, das die Mutter ihr jeden Abend vor dem Schlafengehen vorgesungen hatte, so dass es in ihr weiterleben konnte, und der jungen Erwachsenen nun die Erinnerung wiedergebracht hatte.

Es gelang kaum, die Frau zu beruhigen. Wamech Andronikaschwili, ihr Vater aus Kwareli˙ und Oberst außer Dienst, wurde gerufen und auch die Mutter von Mariam. Die Eltern umarmten ihre Tochter, und niemand, der die Szene sah, konnte seine Tränen zurückhalten.

Ihre Brüder feuerten mit Gewehren und Pistolen in die Luft, und sorgten so auf ihre Weise auf dem Golowinski Prospekt für ein lautstarkes Spektakel.

Der dicke Türke, der Begleiter Mariams, stammte aus Osmanien und hieß Hamid Bei. Er protestierte zwar energisch und behauptete, Mariam sei seine Verlobte aus Dagestan. Aber seine Ansprüche entbehrten ganz offensichtlich jeder Grundlage. Auch hatte die junge Frau weder den Wunsch, bei ihm zu bleiben, noch die geringste Absicht, ihn zu heiraten. Mariam kehrte zu ihrer Familie und zu ihrem Glauben zurück. In der Kaschweti Kirche dankte man mit Gebeten und setzte sich danach heilfroh Richtung Kwareli in Bewegung.

Am Ablauf der Geschehnisse war natürlich auch der Schah überaus interessiert, und als man ihn von allem in Kenntnis setzte, traten Tränen in seine Augen. Allerdings äußerte er schließlich würdevoll, Gottes Gnade und Gottes Wille seien in Erfüllung gegangen. Aus seiner Truhe schenkte er der Frau einen Kermanschal.

Albre stand in seinem Zimmer an der Staffelei. Von der Wand schaute ihn ein Rappe aus dem Bild an, das aus der Kaschemme von Alexanderdorf stammte. Nein, so kannst du nicht malen, das ist etwas ganz Eigenes. Dieser Künstler malt auf andere Art, weiß auf schwarz. Ob dir das gelingt? Nein, nein, das ist wirklich eine besondere Fähigkeit – da war der Franzose selbstkritisch. Er saß in seinem Dachgeschoß und schaute auf eine Reihe von Dächern, die dalagen wie mit dem Lineal gezogen, während die Kuppeln wie herausgewachsene Köpfe wirkten.

– Nein, das ist nicht so leicht, doch, wirklich bewundernswert das alles …, – und den Pinsel in der Hand, der mit blauer Farbe verschmiert war, drückte er an einem Lappen aus. Dabei sah er weiter aus dem Fenster.

Er blickte auf die Dächer hinaus, sah die Sonnenstrahlen darauf, sah, wie sie sich spiegelten. Und alle diese Eindrücke malte er, so gut er konnte. Er brachte das Gotteshaus der Katholiken auf die Leinwand und das noch am Hang erkennbare Gewölbe der armenischen Dsigraschen-Kirche. Deren Kuppel sah auf diese Entfernung aus wie ein der katholischen Kirche angeklebter Kopf. Albre schaute aus seinem Dachgeschoss, und da gab es einerseits seine Kunst hier im Raum und da waren andererseits, warum nicht, Eindrücke von der Natur, von den Dächern mit den Sonnenstrahlen. Das, was er sah und was er dabei empfand, all diese Linien, die heraus ragenden Schornsteine, konnte er nicht einfach abbilden, sondern nur in seiner eigenen Interpretation wiedergeben. Es nützte auch nichts, wenn ihn das innerlich empörte.

In solchem Gemütszustand befand er sich, als er ein

Klopfen an der Tür hörte, eigentlich mehr ein wildes Ge-trommel. Nein, das war sicher keine Lieferung mit Gigot Brayaude oder Frikassee vom Franzosen Antoine. Das war etwas anderes, bei diesem Getrommel hätte auch das Tor zur Bastille Schaden genommen. Albre ging zur Tür, putzte dabei den Pinsel noch einmal mit dem Stoffrest ab und schielte mit einem Auge noch auf sein Gemälde, als er die Tür öffnete. Mit dem anderen Auge sah er Chripli.

– Ein neues Opfer. Wieder mit der Rose, – Chripli fasste sich kurz. Dabei atmete er tief und schwer, wegen der Treppe.

Albre schaute ihn ehrlich überrascht an, und schon steckte er, noch in der Wohnung, den einen Arm in seinen Gehrock, der andere folgte im Treppenhaus, auch seinen Stock vergaß er nicht. Kurz danach saß er zusammen mit Chripli in der Polizeikutsche, und ab ging es Richtung Palaststraße.

– Heute Morgen hat man ihn entdeckt. Vor Tau und Tag hat man ihn ermordet und wieder eine Rose hingeworfen. Ich hab ihn noch nicht gesehen.

Sie gelangten auf den Golowinski Prospekt, ließen den Alexanderpark hinter sich, und plötzlich hielt die Kutsche vor dem Hotel „Bristol". Im Eingang standen einige Polizis-ten. Albre und Chripli eilten die Treppe hinauf und betraten einen offenen Raum.

Genau in diesem Moment wurde der Tatort fotografiert und brennendes Phosphorpulver blendete die beiden. Als der Rauch sich verzog, sahen sie zuerst Usatow mit zwei an-deren Polizisten. Alle starrten auf die Leiche.

Auf dem Boden lag ein Mann mit einem Buckel. Ein Messer ragte aus ihm heraus, eine Rosenknospe lag daneben, vom Blut war sie feuerrot gefärbt.

Auf dem Fußboden hatte sich eine große Blutlache gebildet.

– Ja, schon wieder ein Ausländer. Und noch mal diese

Rose. Was zum Teufel soll das bedeuten?! – empfing Usatow die neu Eingetroffenen.

– Wer ist das? – fragte Chripli.

– Ein britischer Staatsangehöriger, namens MacAlister, ein Händler, der für Manufakturen unterwegs war, so steht es in seinen Papieren, und genauso hat er sich im Hotel registrieren lassen.

Vielleicht entsprach es der Wahrheit, denn an der Wand klebte eine große Landkarte, seitlich ein wenig herunter gerissen, eine Karte von Walter Crane, auf der in roter Farbe ganz Großbritannien zu sehen war. Am unteren Rand der Landkarte sah man eine gezeichnete Athene, die auf einem Globus saß, der wiederum von einem starken Atlas gehalten wurde. Die thronende Göttin hielt in der einen Hand einen Dreizack, in der anderen ein Hellenenschild mit aufgemalter britischer Fahne. An den Längsseiten waren die Untertanen aus den vielen Länder des Imperiums zu sehen, links ein Maharadscha auf einem Elefanten, auch Tommy Atkins mit seiner obligatorischen roten Uniform, zwischen dessen Beinen ein zahmer Tiger lag, dann links noch ein gebückter Hindu mit schwerer Last auf dem Rücken, auf der anderen Seite Aborigines aus Tasmanien, rechts ein auf eine Schaufel gestützter Gold- und Smaragdsucher, oben links in der Ecke sah man einen nordamerikanischen Indianer mit Federn am Kopf, unter ihm einen tapferen Seemann, der in die Ferne blickte. Kurzum, das gesamte Britische Imperium fand Platz auf dieser Papierfläche. Und in roten Buchstaben waren die Worte „Freiheit, Brüderlichkeit, Föderation" verewigt. Man hätte sicher noch einiges mehr auf diesem Blatt entdecken können. Aber Albres Blick war wieder bei dem Mann mit dem Dolch im Körper.

– Hat man Ihnen diesen Fall übertragen? – fragte Chripli derweil Usatow.

– Was ist das für ein Unheil! Das kostet mich meine Gesundheit, ja, so sieht das aus! Dann werden sie Blumen auf meinen Sarg legen, einen Kranz aus Rosen, und erst dann wird diese Rosengeschichte enden, glauben Sie mir, genau so wird es sein, genauso.

– Es wird kein weiteres Rosenopfer geben, – sagte Albre kurz angebunden.

– Wie bitte? – musterte ihn erst Usatow und dann Chripli.

– Das ist der letzte Mord.

– Wieso denn der letzte?

– Wissen Sie, wer dieser Mann ist? – fragte der Franzose.

– Und? Wer ist es?

– Richard III. aus dem Hause York, König von England und Herzog der Weißen Rose.

– Zum Kuckuck mit diesem Herzog! – Usatow hatte keinen Schimmer einer Ahnung, weder von der weißen Rose noch vom Hause Lancaster.

– Das bedeutet schachmatt. Die Partie ist zu Ende, – sagte Albre und verließ den Raum.

– Die Befreiung von den bösen Geistern wurde durch das Wiegenlied in Gang gesetzt, – erklärte der Gehilfe eines Apothekers, der mit der Pferdebahn fuhr. Die Bahn kehrte vom Woronzow-Denkmal zurück und zog langsam voran Richtung Sanduferstraße.

– He, wusste ich gar nicht, dass ein Wiegenlied so viel Macht hat!

– Ja, siehe da, durch Gottes Segen wurde die Frau dem Christentum zurückgegeben. Wer weiß, welches Schicksal sie sonst erwartet hätte. Ein Osmane behauptete doch schon hartnäckig, sie sei seine Frau.

– Das war kein Wiegenlied, sondern ein echtes Gebet an die Muttergottes.

– Ja, ja, so ist's, genau so!

– Ihre Mutter hat nicht aufgehört zu beten, und die Heilige Jungfrau hat sie nicht im Stich gelassen.

– Sogar der Schah hat erstaunt gefragt, was sich da zugetragen hätte. Was hier eigentlich los wär'.

– Und hat ihr einen Kermanschal geschenkt.

– Tränen stiegen ihm in die Augen.

– Aber du hättest mal die Tränen des Vaters sehen sollen!

– Vom Vater des Schahs?!

– Von der Frau, mein Gott, der Vater von der Frau!

– Ach so!

– Ihre Brüder haben mit Freudenschüssen angefangen, mitten in der Stadt, auf dem Golowinski, aber dann haben sie die ganze Nacht gesoffen, und als sie aus Tiliputschura' zurückkamen, haben sie eine Pferdebahn aus den Gleisen gehoben und krachend auf das Kopfsteinpflaster fallen

lassen. Und dabei die ganze Zeit aus ihren Pistolen ge-
schossen.

– Die ganze Nacht haben sie keine Ruhe gegeben, diese
Dummköpfe!

– Die ganze Nacht?

– Ja, die ganze Nacht konnte ich nicht schlafen, also wirklich! Erst dachte ich, Räuber hätten uns überfallen.

– Und wo war die Polizei?

– Die konnte doch niemand bremsen, nicht so, wie die
tobten.

– Sie haben sogar Streit angefangen.

– Die haben aber auch ordentlich gesoffen.

– Möge es ihnen zum Segen gereichen!

– Ach ja, du hast da leicht reden, aber mir haben sie die
Rippen gebrochen, hier!

– Was war mit dem Wagen? Wieso haben sie den aus den
Gleisen gerissen?

– So etwas ist doch nicht zum ersten Mal passiert.

– Manchmal verbiegen sie auch die Räder. Wie bekommt
man die eigentlich wieder gerade?!

– Die lassen sich auch andere blöde Streiche einfallen.
Neulich haben sie einen Wagen aus dem Park abgeschleppt
und den dann in Awlabar stehen lassen. Aber woher haben
sie die Pferde geholt?

– Wann war das?

– Gerade erst. Als *Royal Mary* verschwand.

– Wieso haben die eigentlich bis jetzt noch nichts von
diesem Pferd in Erfahrung gebracht?

– Nu, sag mal!

– Und wie kann man so ein Pferd auf der Straße hier fortschaffen, ohne dass jemand was sieht? – dabei schaute der
Mann hinaus auf die Sanduferstraße und ihren Trubel, – hat
man dem Pferd denn eine Tarnkappe aufgesetzt?!

Derweil erreichte der Wagen die Steigung an der Winzer-straße. Die Pferde kamen nur mit Mühe den Berg hinauf.

– Was habt ihr für müde Klepper, wirklich traurige Pferde!

– Ja, aber ich hatte mal ein tolles, das konnte eine Bahn allein ziehen. Aber die Tataren gaben keine Ruhe und haben mir immer wieder gutes Geld geboten. Was blieb mir übrig, ich hab's verkauft.

– Meinst du Schamila? – fragte ein anderer Fahrgast, offenbar ein Bekannter.

– Jawohl, Schamila, das war ein Ross, ein richtiges Ross! Nicht auffällig, und groß war es auch nicht, aber stark, sehr stark, voll bei Kräften.

– Ja, robust war es, robust!

– Das andere Pferd hatte sich damals am Fuß verletzt und darum habe ich Schamila allein angespannt. Und ab ging's! Schamila zog den Wagen, als wär' das nix! Auch abends war ich nur mit ihm allein unterwegs. Manchmal gibt's ja doch nur wenige Fahrgäste, und dann fuhr ich halt nur mit einem Pferd. Hü, hott und los! Schamila war ganz anders, nicht so wie die hier. Die Tataren sind mir richtig auf die Pelle ge-rückt, sie wollten das Pferd um jeden Preis. Die haben gar nicht locker gelassen, und kurz und gut, ich hab's ihnen ver-kauft. Was hätte ich denn tun sollen? Bei so viel Geld, dass ich davon drei Pferde kaufen konnte …

– Ja gut, aber jetzt musst du dich selbst ins Zeug legen.

– Mein Weib hat mir auch keine Ruhe gelassen. Verkauf doch, du musst verkaufen!

– Ach ja, Adam hat auch Eva die Schuld gegeben, – mitt-lerweile hatte jeder seinen Sermon dazu zu geben, die ganze Pferdebahn mischte sich ein.

– Die machen Wurst aus Pferdefleisch, und bestimmt brauchten sie Schamila dafür, – wusste jemand anderer.

– Hätten die denn so viel Geld für Wurst ausgegeben?

– Was weiß ich, sie waren jedenfalls zu zweit, und das hättest du mal sehen sollen, wenn der erste anfing, setzte der andere den Redeschwall fort, und dann fing wieder der erste an, und die ganze Zeit schmierten sie mir Honig ums Maul und … Die beiden sahen sich so ähnlich wie zwei Tropfen Wasser.

– Zwillinge?

– Ja, vielleicht waren sie Brüder.

– Doch, genau so hat man auch Adam verführt, genau so.

– Aber ich hab immer noch nicht kapiert, wozu sie dieses Pferd brauchten. Einen Haufen Geld haben sie mir bezahlt …

– O, Heilige Maria, beschütze uns!

Anmerkungen

Seite 77: Raznochinets – **Gebildete Vertreter der liberalen Bourgeoisie in Russland**

Seite 81: Vera-Abhang – **Am Berg Mtatsminda in Tiflis**

Seite 81: Misir – **Arabischer Name für Ägypten**

Seite 97: Tschichirtma – **Hühnerbrühe**

Seite 102: Bandir und Du – **Orientalische Musikinstrumente**

Seite 102: Leibesschaden – **Aga Mohammed Khan wurde als Kind kastriert**

Seite 114: Gremi – **Dorf im ostgeorgischen Kachetien**

Seite 115: Kwareli – **Städtchen im ostgeorgischen Kachetien**

Seite 117: dieser Künstler – **Gemeint ist der georgische Maler Niko Pirosmani (1862–1918)**

Seite 121: Tiliputschura – **Name eines Restaurants**

Der Roman erschien im Original 2014 unter dem Titel *Royal Mary* im Verlag Diogene, Tiflis.

ISBN 978-3-940524-60-7

2. Auflage 2018

Für diese Ausgabe:
© *edition*.fotoTAPETA Berlin 2017
Für den Text:
© Diogene Publishers, Tbilisi, 2014

Umschlaggestaltung: Gisela Kirschberg, Berlin
Umschlagfoto: © Diogene Publishers, Tbilisi
Foto Innenklappe: © Pluriversum / photocase.de

Satz und Gestaltung: Gisela Kirschberg, Berlin
Druck: GGP Media Pößneck
Gesetzt aus der Minion und der Frutiger

Dieses Buch wird mit Unterstützung des Nationalen Buchzentrums Georgiens sowie des Georgischen Ministeriums für Kultur und Denkmalpflege publiziert.

MINISTRY OF CULTURE
AND MONUMENT PROTECTION
OF GEORGIA

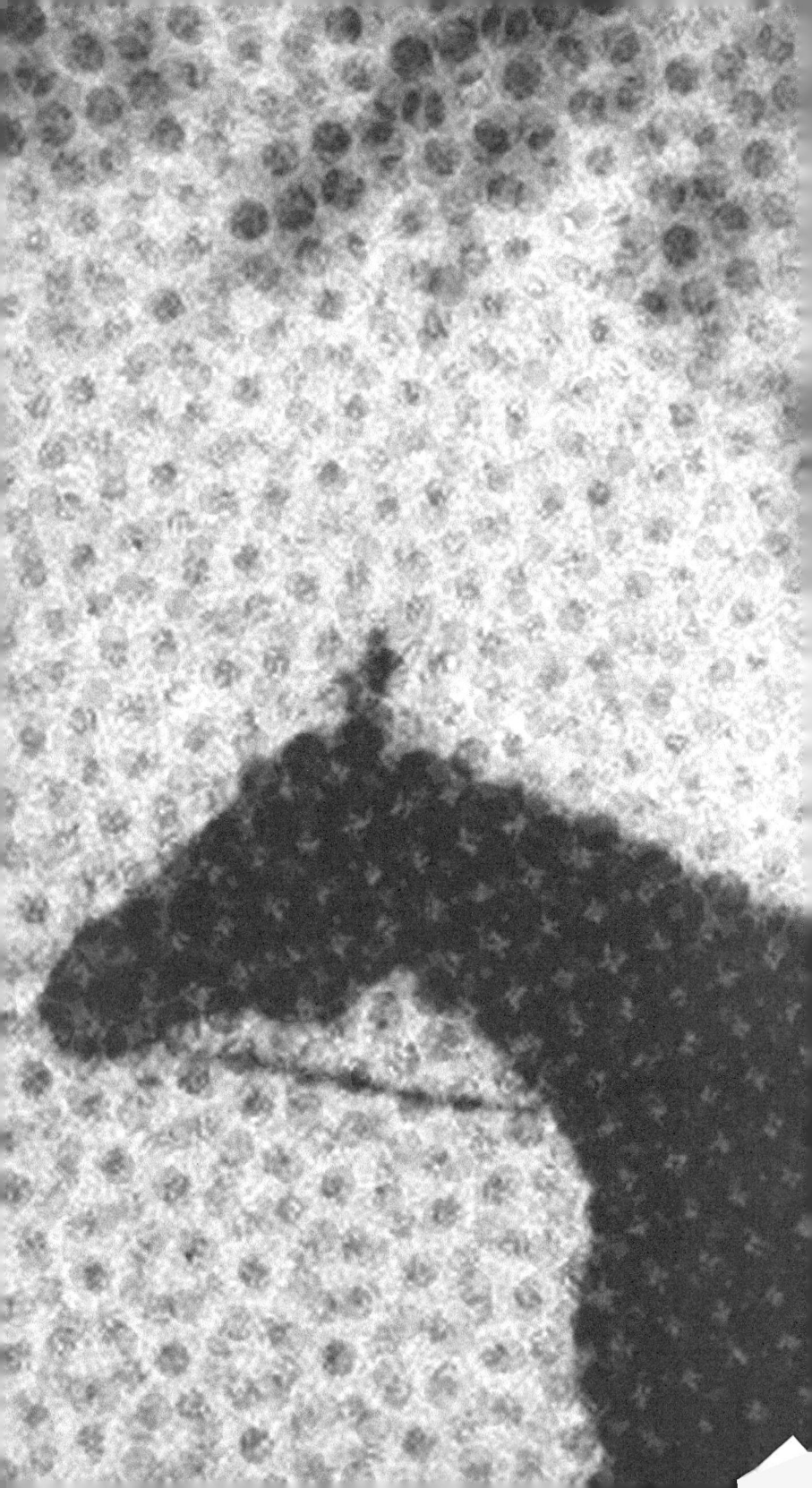